「きみは、甘く可愛い匂いで私を誘うんだね」
アイルは首まで真っ赤になった。
「たまらない」

Cocktail Kiss Label

孤独なオメガが愛を知るまで

義月粧子
Syouko Yoshiduki

この物語はフィクションであり、実在の人物・団体・事件等とは、いっさい関係ありません。

Contents

イラスト・小山田あみ

孤独なオメガが愛を知るまで

昨日までずっと降り続いていた雨が明け方には止んで、朝からすっきりと気持ちのいい青空が広がっていた。

アイルはベッドから出ると、窓を少し開けて外の空気を吸い込んだ。ここに来て半年以上たつが、今でもこうやって一人でいると夢の中にいるような気がしてしまうことがある。

ぼんやりした頭でのろのろと着替えを始めた。昨夜も遅くまで本を読んでしまっていて、あまりよく眠れていなかった。

「アイル様、おはようございます」

ノックと共に声がして、アイルは慌てて返事をした。

「お、おはようございます」

ドアが開くと、世話係のフリッツがワゴンを押して部屋に入ってきた。

「いつもお早いですね」

ひととおりの支度を終えているアイルを見て、フリッツは微笑む。

実はアイルは誰かに着替えを手伝われるのが苦手で、起こされる前に着替えを済ませておくようにしていたのだ。

「ハモンド夫人は今日は朝食後には見えるので、乗馬のお稽古はその後になります」

「…わかりました」

ハモンド夫人はアイルの家庭教師の一人で、主に法学を担当していたが、アイルは彼女が笑ったところをまだ一度も見ていない。

乗馬は今週に入って始めたばかりだが、まだ馬丁《ばてい》に手綱を持ってもらってゆっくり歩かせるのがやっとだった。怯えているせいで馬に舐められているのだと馬丁が教えてくれたが、この調子では慣れるのに時間がかかりそうだ。

「ミシェル様は今月もお忙しくてこちらには来られませんが、アイル様のことはいつも気にかけておいでです」

それを聞いてアイルは曖昧に頷《うなず》く。

ミシェルはこの国の皇太子だ。

アイルは男性オメガであり、かつて王族と深い関係のあった貴族の末裔でもあった。この国では貴族出身の男性オメガは極めて珍しく、それゆえある役割があった。

もう何代も前から、王族や有力貴族の中でアルファの子どもが産まれる確率が減り続けていて、それは血縁の近い者同士の婚姻が繰り返されたせいではないかと思われていた。

王族や有力貴族のアルファ女性は妊娠しにくく、ようやっと授かった子も成人まで育つ例はあまり多くはない。ベータとの婚姻では、産まれる子の殆《ほとん》どがベータとなってしまい継承権を持てなくなる。

国王となるには王族の血族であれば性別は関係ないが、アルファである必要があった。そうしたしきたりが代々続いていた。

減る一方の王位継承者を絶やさないために、血縁関係のない貴族との婚姻を勧めると同時に、男性オメガを娶《めと》ることも推奨されていた。

オメガは繁殖力が高く、特に男性オメガはアルファの遺伝子を色濃く残す子どもを産む傾向が強かったのだ。

もちろん男性オメガであればどんな身分の者でもいいというわけではなく、貴族の出身であることは最低条件となっている。

アイルの家は、かつて貴族階級にあり何代か前にオメガ男子が国王の側室として何人ものアルファ男子を産んでいたことが王室の記録に残っていた。つまり今の王族には、アイルの先祖の血が僅《わず》かながら混じっているということだ。

それが所謂《いわゆる》「深い関係」である。

ただ貴族であったのは過去のことで、度重なる周辺国との戦争のせいでアイルの祖先は長年隣国の支配下に置かれ領地も奪われてしまい、隣国の支配力が弱まったあとも貴族の地位は回復されないままとなった。土地も戻ってこず生活は楽ではなかったものの、彼らは先祖と同じ地に住み続けていた。

王室は貴族出身のオメガを積極的に王宮に迎え入れていたが、もう何十年もそれに該当する者は現れなかった。それで王室と何らかの関係のある家もその対象に広げ、土地を持たずに苦しい暮らしをしている家の男児には、王室から養育費が支払われることになったのだ。発情期がくるまでオメガかどうかがわからないため、成人するまでを目途と決められていた。

アイルの家の男児も、その取り組みのおかげで祖父の代からその恩恵に与《あずか》ることができていた。結果的には祖父の代以降の男児は全員がベータでオメガではなかったものの、それでも男児が生まれると引き続き王室からの援助は続いていた。そして何代かぶりに誕生したオメガが、アイルだったわけだ。

ただ、アイル自身はそうした複雑な事情は知らなかった。アイルが一歳になる前に両親も祖父母も疫病で亡くなっていたからだ。

アイルは、単に男性のオメガだから王室に呼ばれたということだけ聞かされていた。

皇太子はアイルよりも五歳年上の気品のある整った容姿の好青年で、初めて会ったときに優しく微笑んでくれた皇太子に、アイルは一日で好意を持った。それでも、そのときは緊張で話をすることもできずに、皇太子のお相手をしたのは、この屋敷の主であるマーゴット侯爵夫人だった。

皇太子は月に一度訪れると聞いていたが、しかしそれも最初の二回だけで、その後はずっと会えずじまいだった。

それでもこの屋敷にいれば皇太子の話を聞く機会は多く、未来の国王が如何《いか》に思慮深く聡明であるかや、思いやりと慈悲深さに溢れているかを聞くにつれ、自分で作り上げた人物像にアイルは恋するようになっていた。

そんな皇太子に恥を欠かせないだけの教養を身に付けるために、アイルは何人もの家庭教師から厳しい指導を受けていたのだ。

「明日は乗馬服の仮縫いがございます」

お茶にたっぷりのミルクと砂糖を入れて、アイルに差し出す。

「ハモンド夫人ご推薦のご本、来週には届くようです」

「…ありがとうございます」

「他に何かご希望のものがございましたら…」

フリッツの窺うような視線に、アイルはふるふると首を振った。

「何もありません。とてもよくしていただいているので…」

それは偽らざる言葉だった。

「それはよかったです。今後も何かありましたら遠慮なく仰ってください」

アイルはこくんと頷く。しかし、半年前の自分の境遇から考えれば恵まれすぎていて、これ以上望むものなど思いもつかない。ただただ、フリッツやこの屋敷に仕える人たちにがっかりされないようにしないとと、それだけだった。

この日もハモンド夫人は容赦ない厳しさで、前日までに教えたことを確認すべくアイルに次々と問題を出していった。アイルが答えに詰まると、夫人はひやりとするほど冷たい視線を向けて次の質問に移るのだ。彼女は声を荒らげることも覚えていなかったことを責めることもなく、淡々と授業を行った。

授業のあと、アイルは答えられなかった質問を確認して自分の不甲斐なさに小さな溜め息をついた。

それでもそのこと自体は特に辛いことではない。これまでの境遇を思えば、勉強のために睡眠を削ることなんて考えられないほど幸せだったのだ。

乗馬の稽古の前に離れにある図書室に本を戻しに行ったときに、見慣れない男性の姿にアイルは思わず足を止めた。

男性は入ってすぐの書棚の前で、手にした本を読んでいるところだった。

机には地図が広げられていて、何冊かの本が積み上がっている。

「あの…」

「ああ、お邪魔してますよ」

本に視線を落としたまま、男はそう云《い》った。

薄汚れた作業着のようなコートを羽織っていて、ズボンの裾を押し込んだ長めのブーツには泥がはねた痕がついている。

そういえば、フリッツが工事関係の技術者が調べものに来るかもしれないと云っていたことを思い出した。工事とは王室が行う公共事業のことのようだ。

アイルは小さく会釈をすると、彼の横をすり抜けて、借りていた本を書庫に戻した。できれば他の本を探したかったが、人がいるとどうも落ち着かないので、いっそ後にしようか迷っていると、ふと彼と目が合った。

引き込まれるような深い翠の眸《ひとみ》に、アイルは一瞬息が止まりそうになる。背中に電流が走ったかのような衝撃だった。

どくんどくんと心臓の音が響いて、血が逆流しそうだ。

なに、これ…。慌てて彼から目を逸らす。

「し、失礼します」

なんだかよくわからず、慌ててそこを出た。

すらりとしていて、皇太子と同じくらい長身かそれ以上だった。技術者のようだったが纏っている空気は貴族のような気品があって、薄汚れたコートや靴とのアンバランスさが気になってしまう。

慌てて出てきたが、引き返してもう一度顔が見たいと思ってしまって、そんな自分が恥ずかしくなる。

「アイル様、そろそろ着替えた方が…」

急いで部屋に戻ると、着替えの準備をしたフリッツが彼を待っていた。

「…アイル様？　どうされましたか。お顔が熱っぽいようですが」

「え……」

思わず頬に手をやる。

「は、走ってきたから……」

「大丈夫ですか？　乗馬はお休みされますか」

「え、いえ、大丈夫です。すぐに着替えます」

アイルはぎこちなく笑うと、急いで支度をする。

誰だったんだろう。そんなことを思って、小さく頭《かぶり》を振った。

そんなことを気にするなんておかしい。

アイルは乗馬用のジャケットを羽織ると、急いで庭に向かった。

＊＊＊＊＊

アイルが生まれた村は、王宮のある首都からは遠く離れた国境近くにあった。

村はそれなりに豊かで、アイルの両親と祖父母もその一角でひっそりと暮らしていた。

貴族の出身であることを知る者は少なく、王室からの養育費で一部だけ買い戻した先祖の土地を大切に守って、贅沢からはほど遠く、それでも家族全員が協力して生活している温かい家庭だった。

その温かい家庭に災難が降り注いだ。アイルが生まれて一年とたたないときに、村を疫病が襲ったのだ。

村人が次々と感染していって、村は直ちに閉鎖された。村人はその土地から出ることは許されず、適切な治療が行われることもなかった。アイルの家族も高熱が続いた後にばたばたと亡くなっていった。

村人の七割近くが亡くなったというのに、まだ一歳にも満たないアイルが生存者の中にいたというのは奇跡的なことだった。

アイルは隣村の教会の施設に一年ほど預けられていたが、両親の遠縁という夫婦が現れてアイルを引き取っていった。

夫のステインは、アイルに王室から養育費が支払われていることを知っていた。アイルの祖父の家に出入りしていた彼の伯父が、偶然盗み聞きしたことを、酔ったときに漏らしていたのだ。そのときは、ただそのことを妬ましく思っていただけだった。

しかし幸運にも疫病の難を逃れたステイン夫妻は、アイルの身内はすべて疫病の犠牲になったのにアイルだけは生き残っていることを風の噂で知ったのだ。そのときに、ステインは援助金のことを思い出した。

そのとき彼に悪知恵が働く。自分たちが養親となれば、国からの援助金を受け取れるのではないかと考えたのだ。

アイルの親族も誰も生存していなかったこともあって、教会は遠縁だと云った夫妻の言葉をあっさりと信じた。孤児の数は多く、教会にしてみれば引き取り先が見つかっただけでもありがたい話だったので、特に身元を調べるようなこともなく彼らにアイルを引き渡した。

そして、正式な養子の手続きをするために村役場を訪れた。

多くの村人が亡くなって、村役場もまだまともに機能していない時期だった。

役人はアイルに国から養育費が支払われることになっていることを知らないから、ステインが金目当てだとは露ほども疑わず、遠い親戚の子どもを引き取る善人だと思ったのだろう。なのでこれまでの記録を改めることもなく、ステイン夫妻がアイルの養父母であることを公式に認める簡単な書類を発行してしまった。

体裁が整ったところで、夫妻は王宮に手紙を出した。

暫《しばら》く返事はなく、夫妻は養育費がもらえないのなら引き取った意味がないと、再び教会に戻すことを考え始めていたときに、王宮から役人を寄越すという返事があった。


緊張した面持ちで自分を出迎えたステイン夫妻に、国の役人はお悔やみを述べた。

「…知り合いも大勢亡くなりました。奇跡的に生き残ったアイルを、私たちは大切に育てたいと思っておりますが、生活が苦しくて…」

ステインの妻は大袈裟に涙ぐんで見せる。

しかし役人はそれに同情を示すこともなく、淡々と書類を確認する。

「その子がアイルであることに間違いがなければ、王宮より養育費を用意することになっております」

「もちろん間違いありません。役所も認めてくれていますし」

意気込んで書類を見せるステインを、役人は一瞥《いちべつ》した。

「それは、貴方がたがその子の養父母であることの証明でしかありません」

ビジネスライクな返事に、夫妻は慌てた。

「そ、それは…」

「この子がアイル本人であることの確認が必要です」

「確認って…」

「この混乱の後ですから、間違えて保護されたことも考えられます」

その言葉に、スタイン夫妻は思わず抗議する。

「そ、そんなことは…!」

「私たちはアイルのことをよく知っています。彼に間違いありません」

実際はこれまでアイルに会ったことなど一度もなかったのだが、二人はとにかく必死で云い募った。そんな二人に、役人はゆっくりと頷いた。

「それはそうでしょう。しかし間違いがあってはなりません。私が確認をする間、席を外していただけますか」

役人に付き添っている従者が、二人を外に促す。ステインは何か云いたそうだったが、とりあえず大人しくそれに従った。

二人が部屋を出ると、役人は書類を取り出した。それは、生まれて数か月後のアイルの身体的特徴を詳細に書き記したものだった。

それを元にアイルの身体を点検し始める。

アイルの左足の裏に残る小さな痣《あざ》を確認して、生まれてすぐの痣の図と見比べる。僅かに薄くそして広がっている。

他にもいくつかの特徴を慎重にチェックして、それを書き留める。

「間違いなさそうだ」

すべて記入し終えると、夫妻を呼んだ。

「お待たせしました。アイルであることを確認いたしました。養親である貴方たちにアイルの養育費を支払うことをお約束いたします」

二人の顔に笑みが広がる。悪巧みがまんまと成功したのだ。

「ありがとうございます。私どもは子宝に恵まれずにおりましたので、我が子のように育てたいと思っております」

「アイルを幸せにするとお約束します」

しかしその言葉が果たされることはなかった。

最初の役人こそ職務に忠実だったが、その後役人たちは都から離れたこの土地まで足を運ぶことを面倒がって、ステイン夫妻の都合のいい報告をそのまま受け取るだけで、特に調査もせずに養育費を支払い続けたのだった。

ステイン夫妻は、空き家同然で放置されていたアイルの家に住み着いて、王宮からの養育費で使用人を雇うと、アイルの世話は使用人に押し付けた。

村が混乱しているのに乗じて、アイルの家族が耕していた土地はもちろんのこと、持ち主を失った土地も自分のものにした。村から人がいなくなっていたときだったので、この土地が衰退するよりはと役所もそれを認めた。

ステインがその土地を耕していたのは最初の数年だけで、村も落ち着きを取り戻し、他の土地から移ってきた人たちを小作人として雇うようになると、ステイン夫妻の暮らしぶりはどんどん贅沢になっていった。

しかし彼らがアイルを大切に育てることはなく、成長に従って使用人と同じように扱い、家の仕事を手伝わせた。

養母はひどい癇癪《かんしゃく》持ちで、使用人たちは彼女に辞めさせられたり、もしくは彼女の癇癪に耐えられずに自分から辞めたりで、長続きする者はいなかった。

虫の居所が悪いと理由なくアイルを折檻《せっかん》することもあって、何日も食事を抜かれる日もあって、それを可哀想に思った使用人がこっそりと余り物を食べさせているのを見つけるや否や、食糧を盗んだとわめきたてるせいで、誰もアイルを庇《かば》えなくなってしまった。

小さいアイルにとって力仕事は辛く、充分な食事も与えられずに足手まといになることもしょっちゅうだった。病気にでもなったら、この小さい身体では耐えられないだろうと誰もが思ったが、幸いなことにアイルは病気とは無縁だった。

この家を追い出されたら生きてはいけないとアイルは思い込んでいて、養父母の機嫌を損ねないよういつも気を遣っていた。

そんな日々の中、週に一度の教会通いはアイルにとって希望の時間となった。

スタインの妻は意外に信心深く、養子であるアイルに教会の奉仕を手伝わせることで、養親である自分の徳を積めるのではないかと考えたのだ。

夫は後ろめたさからアイルの存在を教会には知られたくなくて最初は渋っていたが、妻が強引に決めてしまった。

「神父さまは遠い教区から越してこられたのだから、何も知りはしないでしょ。それより、アイルが奉仕に参加すれば、私たちの教会での立場も今よりずっとよくなるのよ」

「儂《わし》はそんなものどうでもいい」

「あら、それだけじゃないわ。アイルが教会に通っているってことになれば、給金の高い奉公先が見つかるかもしれないわ」

それはもちろんアイルのためではなく、その給金の大半を自分たちのものにするつもりだったからだ。

「そんなにうまくいくかね」

「神父さまにお願いして推薦状を書いてもらえたら、きっと条件のいいところを紹介してもらえるはずよ」

スタインはもっと早いうちにアイルを奉公に出して、王宮からの養育費も黙って懐に入れるつもりでいたのだが、妻からもしバレたら相手が王室なだけにかなりまずいことになると説得されて、とりあえず支給が打ち切られるまでは奉公に出すのは諦めていた。しかしステインはそのことで自分が損をさせられているように感じていた。

二重に得ることができる金が、片方からしか入ってこないことを不満に思うのだ。本来であればそれはどちらも自分が受け取っていい金はでないのだが、そんなことは考えない。彼にとってアイルは利用して搾れるだけ搾り取っていい存在なのだ。

「あの子は小さくて力もないんだから、他に売りを考えないと。それに私が教会での立場がよくなったらコネもできるし給金のいい奉公先が見つかるはずよ」

妻の方が悪知恵が働くし、これまでそれでうまくやってきたので、スタインはしぶしぶ同意したのだった。

しかしそれは、アイルにとっては大きな救いとなった。

神父は、信者たちに奉仕として教会の雑事を手伝ってもらうのと同時に、聖書を読む時間も設けていて、読み書きも教えていたのだ。

アイルは自分が字を読めるようになることが嬉しくてたまらなかった。

アイルがあまりにも熱心だったこともあって、ある日神父が彼に本を貸してくれた。

日の高いうちは家の仕事があったし、寝間で灯りを使うことは最小限しか許されてなかったので、アイルは早起きをして庭で本を読んだ。アイルの部屋は半地下だったので暗くて読書には向かなかったからだ。

しかしそのことを、使用人の一人が養父に告げ口した。

その使用人はアイルが自分と同じように読み書きができないと思っていたのに、アイルだけが勉強を始めていることに嫉妬したのだ。

それは実はステインも似たようなもので、簡単な読み書きはできるものの、込み入った文章になるとお手上げだった。勉強する気もないから、ろくに本など読んだこともなかった。そのせいで、自分が下に見ている者が聖書を読んでいるというだけで劣等感が刺激されてしまったのだ。

「そんなに時間が余っているなら、もっと仕事を与えないとな。これまでおまえを甘やかしすぎたようだ」

養父はアイルが睡眠時間を削って読書のために作った時間で、薪を運ぶように命じた。

「わしらがおまえを引き取っていなかったら、とっくに野垂れ死んでいた。それなのにおまえはそのことに感謝することもなく、楽することばかり覚えて。本なんぞ読んで何になる。いつからそんなにお偉くなった？」

養父はそう云うと、アイルから本を取り上げて投げ捨ててしまった。

「そ、それは神父さまの……」

慌てて本を拾い上げようとするアイルを、養父は蹴とばした。

「あっ…」

小さいアイルの身体は、硬い床に強《したた》かに打ち付けられた。

「もしまたそんなものを読んでいたら、もう教会には行かさないぞ。覚えておけ」

アイルは本をしっかりと抱いて必死で頷いた。教会に通えないことだけは何としても避けたかったのだ。

「ほら、さっさと行って働け。この穀潰しが！」

そう云って、何度もアイルを蹴とばした。

アイルは泣いていることに気づかれないよう、急いで厨房に走った。

蹴られたところが腫れ上がっていつまでも痛みが続いたが、それは耐えるしかなかった。誰も庇ってはくれないし、怪我のことを気遣ってくれる人もいない。しかしそれでよかった。誰かが怪我の心配をしたところを養父母に見られでもしたら、逆に同情を引くような真似をしてと不興を買うだけなのだ。

養父母はアイルが何をしても気に入らない。アイルが少しでも幸せになることが彼らにとっては不快なことなのだ。アイルにはそれがわかっていたので、二人の目につかないよう、息を殺して暮らしていた。彼らが不満に思うことはできるだけしないように気を付けていた。

そんなアイルだったが、それでも本を読むことだけはやめようとはしなかった。それが自分を今の境遇から抜け出す唯一の手段だと思っていたからだ。

周囲には一切覚られないように、家では書物を持ち込むこともできなかったものの、それでも希望を捨てることはなかった。

十八の年を最後にアイルの養育費が打ち切られるので、ステイン夫妻はアイルの奉公先を探していた。

できるだけ多く給料の前払いをしてくれるところが彼らの条件だった。もちろんアイルの希望など一切考慮していない。それどころか、その前払いをすべて自分たちの懐に入れるつもりだったのだ。

そんなことを知らないアイルは、将来は教会で働くことを夢見ていた。

そのころのアイルは、聖書だけでなく簡単な書物なら読めるようになっていたし、教会の日誌を作成する手伝いもしていた。

見習いとして修道院に住まわせてもらうことができそうで、それが叶えば勉強しながら教会の手伝いをすることができる。このときのアイルにとっては、眩《まぶ》しい未来だった。

アイルが教会に通うようになってから神父は何度か替わったが、どの神父もアイルにとっては尊敬の対象だった。

中でも半年前に赴任してきた今の若い神父は、少し厳しいが誰よりも博識で、憧れの存在だった。神父自身親がいない身で、教会の施設で育ったという。アイルにとって憧れだけでなく、希望と目標でもある。

神父は聖書のみならず、歴史書は元より法律や医療の本も読み漁り、新しい技術も熱心に勉強していた。

若く見目もよかったので、この神父になってから貴族のご夫人の礼拝の出席も増えているばかりか、寄付も目に見えて増えていた。

ありがたいことに、女性たちが率先して奉仕に参加してくれるので、アイルたちはこれまで以上に勉強の時間をもらうことができて、教会にいる時間は充実していた。

そのことに感謝して、アイルはますます教会の手伝いに励んでいた。

そんなある日のこと。神父がアイルの様子がおかしいことに気づいた。


「アイル？　顔が赤いな。熱があるのでは……」

そう云って、神父はアイルの額に手を触れた。

そのひやりとした手が気持ちよくて、アイルは思わずうっすらと目を閉じた。

熱っぽくて身体がいつもと違うと感じたのは一昨日からだったが、具合が悪いと云えば教会に行くことを止められると思って誰にも云わずにいたのだ。

「…い、いえ、大丈夫です…」

小さく首を振ると、ほおっと息を吐いた。

そのときにアイルからふわっと芳香が漂ってきて、神父は思わず動揺した。紅潮したアイルの表情に、神父は見てはいけないものを見てしまったような落ち着かない気分になる。

慌てて手を離して、はっとした。あることを思い出したのだ。

神父はこの感じに覚えがあった。

ここに来る前に赴任した教区の娼館である問題が起こって、その仲裁を頼まれたことがあったのだ。

貴族の子弟がオメガの娼婦を巡って衝突し、傷害事件にまで発展した。

両者ともアルファで、幸い深刻な怪我ではなかったため、両家の意向で警察沙汰にはせずに収めるために、神父の出番となった。

神父自身はベータだったが、そのときに初めてオメガと接触して、他の何にも代えられない独特の芳香に頭の芯が麻痺しそうになったのを覚えている。

ベータの自分ですらそうだったので、それがアルファにとっては猛毒にもなることを知ったのだ。

アイルの芳香はあのときの娼婦とはまた違う馨《かお》りだったが、同種のものであることを神父の本能が覚った。

「アイル、ちょっと来なさい」

そう云うと、驚くアイルを道具小屋に連れて行った。

礼拝には貴族も訪れる。中にはアルファもいるだろう。ベータの自分でも何かが揺らぎそうになるのに、アルファが平静でいられるとは思えない。

ベータである自分たちは、ふだんはアルファだのオメガだのということとは無縁で暮らしている。アルファの殆どは貴族階級で、所謂支配者階層だ。ベータには関わり合いのない人たちなのだ。

一方で、オメガはアルファ以上に希少だったが、薬で発情がコントロールできないこの時代ではまともな仕事にはつけず、身体を売るしかない者が殆どだ。そんな劣悪な環境では長く生きることは叶わなかった。中には運よく貴族の愛人になるオメガもいたようだが、それはオメガの中でもごく少数だ。

神父はアイルの向上心を好ましく思っていて、オメガとして懸み者にされることを不憫に思った。しかし彼にはどうしてやることもできない。

ただ今は彼がキッカケで何か問題になることだけは避けたかった。

道具小屋には庭掃除の道具の他にも古びた長椅子と机が置かれていた。

「ここで。暫く休んでいなさい」

「え、あの…、僕、大丈夫です」

アイルは慌てて云い募る。

「いいから。私が呼びに来るまで出てはいけない」

「ど、どうして……」

まるで何かの罰のような処遇に、アイルは弱々しく頭を振る。

「な、何か悪いことをしたなら謝ります。どうか……」

泣き出しそうな不安な顔で、両手が震えていた。

「アイル…」

ふだんは冷静な神父も、アイルから放たれたうっすらと甘い匂いに心がざわつき始めている。

縋《すが》るような目で見られると、とても冷静ではいられない。

それでもそれを振り切るように、慌てて視線を逸らした。

長椅子にアイルを座らせると、神父は少し間合いをとった。

「これは罰ではない。ただ、私にもどうしたらいいかわからない」

常に毅然としている神父の様子がいつもと違うことで、アイルはいっそう不安になった。

「恐らくだが…。きみはオメガなのではないかと思う」

その言葉にアイルはぽかんとした。

「…オメガ…?」

たいていの者がそうであるように、アイルが育った環境にはアルファもオメガもいなかった。

皆がベータで、漠然と自分もそうだと思っていた。

「オメガは…、発情期がくるとフェロモンと呼ばれる独特の匂いを発する。知ってるな？」

「…聞いたことは…」

「そのフェロモンは男の気持ちを惑わす。特にアルファは欲望を抑えられなくなる。きみの身を守るためには、発情期が終わるまではここにいるのが一番いい」

アイルは突然のことに、頭の中が整理できなかった。

「ぼ、僕……」

「私はこれから礼拝があるから行かなければならない。終わったらまた来るから、それまではここにいなさい」

神父が重い木戸を閉めようとする前に、アイルは慌てて云った。

「ま、待ってください。何かの間違いでは…！…」

必死になって訴える。が、神父は小さく頭を振った。

「間違いならいい。が、間違いでないなら問題になる。なので暫くはここにいてほしい。本部に連絡して助言を求めようと思う」

「……」

アイルを不安にさせないようにそう云ったが、神父はほぼ間違いないと思っていた。

「あとで食事を持って来させよう」

そう云って、アイルを一人きりにして出ていってしまった。

アイルは彼を追いかけようとしたが、できなかった。

自分がオメガだなんて考えたこともなかった。が、そうじゃないならこの身体の芯の疼《うず》きは何なのだろうか。

アイルはオメガのことはろくに知らなかった。それは世間でも同じで、発情期があることや男でも子どもを産むことができるとか、動物のようにフェロモンで男をおびき寄せるとか、そんなふうに偏見を含んだことがせいぜいだ。そして、結果的には誰も正確なところはよくわかっていないのだ。

しかしアイルが怯えているのは、発情期があるから普通の仕事にはつけないと云われていることだ。それでは禁欲を強いられる教会で働くことなんか絶対に無理だろう。

「そんな…」

神父になるという夢はガラガラと崩壊していった。

アイルは使用人たちと一緒に家の仕事をさせられていたので、彼らが下賤《げせん》な話をしているのを耳にすることはあった。

あそこの家の娘はすぐにやらせてくれるとか、前に働いていた商家では旦那さんの外出中には奥さんが若い男を連れ込んで昼間から楽しんでいるとか。隣町の売春宿にオメガの娘がいたのいなかったの。アイルはそういう露骨な猥談《わいだん》は苦手だったが、一緒に働いている以上は嫌でも聞くことになってしまう。

そして彼らはオメガに関しても、どこかで聞いた話を吹聴していた。オメガは発情期がくると周りの男たちを惑わすから、まともな仕事にはつけない。身体を売るくらいしか生きていく術がないのだと。

その身体を売るということがどういうことかは、アイルには経験はなくても何となくわかっていた。

自然と涙が溢れてくる。

人並みに働くことすらできないのか。

なぜ自分だけ生き残ったのだろう。両親はなぜ自分も一緒に連れて行ってくれなかったんだろう。

がたつく椅子に膝を抱えて蹲《うずくま》る。

絶望感で頭がいっぱいで、涙が止まらない。

家では泣くことも許されなかった。鬱陶《うっとう》しいからとよけいにひどい目に遭うから、必死で泣くことも堪《こら》えていた。

その堪えていた涙が一気に放出して、自分でも止めることができない。

そして泣きつかれて、いつの間にかそのまま眠ってしまっていた。

暫くして、ふと身体が火照《ほて》ってくるのを感じて目を覚ました。

「え……な、に…」

こんな状況なのに、自分の意思を裏切って奥の方がムズムズしてきて落ち着かない。

以前、養母のお使いでお屋敷に贈り物を届けに行ったときに、庭の木陰で綺麗に髪を整えた身分が高い女性と庭師らしい男性が抱き合っているのを目撃したことがある。そのときのことを思い出してしまう。

庭師は露《あら》わになった女性の乳房を揉みしだいていて、そうされている女性は恍惚《こうこつ》とした表情でいやらしい声を上げて腰を揺すっていたのだ。

なんだか見てはいけないものを見てしまったと感じて、慌ててその場を離れたが、ふとあれが性行為だったことに気づいた。

アイルの生活環境にいるのは下層階級の人間が殆どで、卑猥な話は娯楽のひとつのようなものだった。アイルは今ひとつ理解できないものの、避けることはできなかった。言葉を選ばない下卑た猥談は生々しすぎて苦手だった。それでも聞けば身体が熱くなってしまう。

しかし、実際に見た光景は彼らの話以上に生々しく、アイルには刺激が強すぎた。目撃した直後は股間の疼きが止まらずに、自分で慰めた。

その後もたまに自慰をすることはあったが、いつも罪悪感が付きまとった。それは教会の教えも自慰を否定する解釈に受け取られていたのだから仕方ない。それでも今の神父はそれを頑《かたく》なに反対するわけではなく、やんわりと耽りすぎないようにとだけ教えていた。

それでも、アイルにとってはどこか後ろめたい。しかしそんなことは云っていられないくらいにこのときのアイルは切羽詰まっていた。

教会でこんなことを……。そう思っても、身体はますます熱く、疼きが止まらない。

両手をぎゅっと握って、聖書を朗読してみる。が、無駄だった。自分の意思とは関係なく、どんどん身体が熱くなってきてどうにも収まらない。

発情しているのだから仕方ないのだが、アイルは必死になってそれに抵抗する。

それでも抗《あらが》えなくなって、アイルは目を閉じると自分の股間に手を持って行った。

「あ……」

数回扱《しご》いただけで、あっけなく射精してしまう。しかしそれからが問題だった。射精しても少しも熱が去らないのだ。こんなことは初めてだった。

もう一度股間を弄《いじ》る。さっきいったばかりなのに、それはいつも以上に気持ちがよくて、何度も繰り返してしまう。もう自分でも止められなかった。

声が漏れそうになるのを、小さな薄汚れたハンカチで口元を覆う。

ようやっと少しだけ落ち着くと、襲ってきた罪悪感で居たたまれない気分になる。

惨めで哀しくて、また涙が溢れてきた。


礼拝が終わって暫くすると、神父ではなく同地区のシスターがアイルに会いに来た。

シスターに会ったのは初めてだったが、アイルは神父に見放されたように思えて、更に哀しくなって項垂《うなだ》れてしまう。

「あの…、神父さまは……」

「ブラザー・ラスティは本部を訪れています。貴方はオメガである可能性が高く、もしそうであればどうすればいいのかを尋ねるためです」

年配のシスターは淡々と返した。慈愛よりも威厳の方が勝っていて、どことなく近寄り難い印象だ。

「今日中に戻れるかどうかわからないので、貴方は私たちの尼僧院で待っているのがいいと彼は云っていましたが、どうしますか？」

どうしますと聞かれても、アイルはすぐに答えられない。

「…でも、家に帰らないと……」

教会にいられるのは遅くても夕方までで、その後は家の仕事がある。帰宅が遅れると養父母の機嫌が悪くなるのだ。

「ブラザーから、自分が戻るまでこの教会か修道院で保護するよう頼まれています」

「え…」

「ステイン夫妻には、修道院の仕事を手伝ってもらいたいからと説明しておきましょう」

養母が納得するとは思えなかったが、この厳しい教師のようなこのシスターならうまく説得してくれるのではないかと思った。

それに、こんな状態で家に戻りたくなかったのも本当なのだ。養母はアイルが自慰をすることをあからさまに揶揄《からか》うことがあって、好奇心でそういう話をしてこないとも限らない。今はそれを聞きたくなかった。

何よりこんな状態が暫く続くときに、あの家でどうやって過ごせばいいのか。それなら教会のお世話になってあとで怒られることの方がまだマシかもしれない。

「…お、お世話になります」

アイルは不安でいっぱいだったが、それでも丁寧に頭を下げた。

「わかりました。ではこちらに」

シスターはアイルを連れて裏口から外に出る。

尼僧院に向かうあいだ、シスターはアイルに何も話しかけなかったし、アイルも俯《うつむ》いて彼女のあとを追うだけだった。

「この部屋を暫く使うことを許可します」

シスターは尼僧院の玄関に近い小さな部屋にアイルを案内した。

狭いが掃除の行き届いた清潔な部屋だった。

「あ、ありがとうございます」

「具合が悪くないなら、納屋の掃除を手伝ってください。具合が悪いなら休んでいてもかまいません」

「そ、掃除を手伝わせてください」

アイルは慌てて返す。身体の中心がムズムズするけど、何かしていた方が気がまぎれると思ったのだ。

「それではお願いします。すぐに担当のシスターがくるので、それまでここで待っていてください」

そう云っていきかけるシスターを、アイルは思わず止めた。

「あ、あの…僕……。この先どうなってしまうのか…」

泣きそうになりながら、訴えた。

シスターは暫く黙っていたが、淡々とした口調で答えた。

「貴方が神のために何かしたい気持ちがあるなら、きっと教会は貴方の居場所を与えてくれるでしょう」

アイルはそれをどう受け取っていいのかわからなかったが、なぜか少しだけ救われた気持ちになった。

尼僧院には若いシスターがいないのか、もしくはアイルに会わさないようにしているのか、とりあえず年配のシスターとしか会わなかった。アイルは彼女たちを手伝って納屋の掃除をした。小柄なアイルでも彼女たちよりは少し背が高いので、比較的高い場所の掃除を頼まれて、アイルは精一杯働いた。

食事は自分の部屋でとるように云われて、トレイにのせたスープとパンを渡された。

「…あったかい……」

スープは熱々で、中には野菜と肉もそれなりに入っている。パンは朝焼いたものらしく少し硬くなっていたが、それをスープに浸して食べる。

家での食事はいつもすっかり冷めていたし、スープは肉の脂身と野菜が浮いている程度だ。パンはいつ焼いたものなのかカチカチなことも少なくない。そんなアイルにとっては尼僧院の食事は素晴らしいご馳走だった。

お腹が満足するとそれだけで不安は小さくなる。

シスターたちは、掃除や食事の支度のとき以外は、本を読んだり祈ったりしている。

もしやっぱりオメガだったとして、ここで働くことはできないだろうか。ぼんやりとそんなことを考えながら、硬い寝台で横になった。

うとうとしてきて、目を閉じる。

いつの間にか眠ったようだったが、身体がムズムズしてきて目が覚めた。

また、だ……。

仕方なく、また股間に手を伸ばして慰める。何度か扱いて射精したが、少しも収まらない。

もっと奥が疼いているのだ。きゅっと目を閉じると、思い切って指を埋めてみた。

「あ……ん……」

声が漏れるのが抑えられなくて、慌ててタオルで口を覆うと、おずおずと浅いところを擦《こす》ってみる。

「…ん、っ……」

すごく、気持ちがいい。こんなところが気持ちいいなんて…。

更に奥に指を入れて中を弄っていると、ふと挿入している指が自分の指ではないような気がして慌てた。

『アイル…』

低い声で囁かれて、ぞくっと背筋が震えた。後ろから抱き締められる温もりに、心臓が跳ね上がる。

『気持ちいい？』

甘く聞かれて、アイルは小さく頷いていた。

中に入った指がくちゅくちゅと擦り上げる。もう一方の手で勃起したアイルのペニスを弄ぶ。

「あ……」

『可愛いね…』

耳たぶを舐められて、アイルはまた小さい声を上げる。

舌が耳の中に入ってきて、アイルはぶるっと震えた。そして彼の手を濡らした。

「わ……」

はっとして目が覚めた。

「夢、だったんだ…」

なんてリアルな夢…。そして、彼は誰だったんだろう。

単に妄想上の人物にしては妙にリアルだった。声と温もりと、そしてあの舌の……。

「あ……」

思い出して、またムズムズしてきた。

もうやめなきゃ…、そう思いつつも、なかなかやめられなかった。


翌日、アイルが部屋で朝食を食べ終えた頃に、医師を伴った神父が訪ねてきた。

神父もすらりと背が高かったが、ドクターはその神父よりも長身で見た目も上品で世間で云われるいかにもアルファっぽい雰囲気だ。

「アイル、私だ。入るよ」

ノックがして、アイルが慌ててドアを開ける。

「神父さま、おはようございます」

「おはよう、アイル」

神父に続いて部屋に入ろうとした医師が、思わず後退る。

「ドクター？」

「すぐに閉めて」

強い口調で云われて、アイルは驚いた。が、すぐに神父がその意味に気づいて、慌ててドアを閉めた。

「アイルを部屋から出さないように」

神父はシスターにそう云うと、医師を連れ出した。

アイルのことはシスターに任せて、医師を教会の執務室に案内する。

「いや、強烈だったな」

「やはりアルファの方にはそうですか」

神父の言葉にドクターは苦笑を浮かべた。

「部屋の中に匂いが充満していたよ。接触したら抑えられたか自信がないな」

「そんなに…」

「きみの話だと今日が三日目にあたるのかね。今日明日くらいがピークだろうな。本人も辛いだろうが、傍にアルファがいなければまあ問題なかろう」

年配の医師はそう云って、溜め息をついた。

「彼はいくつだって？」

「もうすぐ十八だと聞いています」

「初めてのようだが、遅いな」

神父はその質問には肩を竦《すく》めただけだった。

「実は私も半信半疑だったので云わなかったが、男のオメガを受診した場合は、王宮に届け出るよう云われているのだ」

「王宮に…」

神父はその意図がわからずに、眉を寄せる。

「私から届けておくことにしよう」

「よろしくお願いします」

神父は頭を下げた。

「ところで、彼を家に帰していいものかどうか」

神父は少し気になっていたので、医師に聞いた。

「アイルは養子なんです。ベータの私でもアイルのフェロモンは毒です。血の繋がらない養父が同じようにならないとは限りませんし…」

「それはまずいな」

「それにあの家はアイルを小さいころから家で働かせているようです。養子というよりは使用人のような扱いのはずです」

それは村の人間たちからそれとなく聞いている話で、直接アイルに尋ねたことはないが、夫妻の態度で神父もその噂はそれほど外れていないと思っていた。使用人もいる中で、あの夫妻の元に今のアイルを戻すのは躊躇われた。

「なるほど。では彼が落ち着くまで尼僧院で預ってもらうか。それができるのであれば。恐らく彼にとって一番安全な場所だ」

医師の言葉に、神父は苦笑して頷いた。

「私もそれがいいと思います」

「では診断書を書いておこう。少なくともあと四日はアイルは隔離しておく必要があると」

「ありがとうございます。わざわざ来ていただいた上に…」

神父の言葉に、医師は笑って片手を振った。

「いや、礼には及ばんよ。むしろ私に相談してくれたことを感謝している。というのも、届け出ると私にも王宮から相応の謝礼がもらえるのだ」

「謝礼ですか…」

「王宮は男オメガを保護の対象としているようだ」

「保護の…ですか？　なぜ？」

「さあ、よくは知らない。私は王宮からの要請に従うまでだ」

王宮のことは下々の者にはわからないとばかりに、ドクターは肩を竦める。

実際にはすべての男性のオメガを保護するわけではなく、貴族や王室と縁のある者がその対象だ。しかしアイルのように過去の繋がりを本人が知らないケースもある。そのため、男性のオメガの存在を把握し、その中から王室との繋がりを調査することになっている。が、そうした事情を知っているのは王宮でも一部の人間だけだった。

神父は医師の診断書を持って、アイルの家を訪れた。

「いったいどういった料簡《りょうけん》で私どもの息子を勝手に引き留めなさったんで。如何に神父さまでもそのような勝手な真似をされては困りますなあ」

アイルが不在のあいだ仕事が滞っていて、ステインはそのことで苛ついていることを神父に対しても隠すこともせずに嫌味を云う。

神父はステインの態度に内心眉を寄せたが、黙って診断書を取り出した。

「ステインさん、まずは医師の診断書をお渡しします」

ステインは不快そうにその診断書を受け取ったが、中を読もうとはしなかった。恐らく難しそうな文書を読める自信がなかったのだろう。

「どういうことで？」

「…アイルがオメガだったことはご存じですか？」

「は？」

予想もしない話に、ステインはまじまじと神父を見る。

「…なんの冗談で」

「冗談ではありません。その診断書は公的なものです。教会が推薦する信頼できる医師が作成したものです」

「…アイルがオメガ？」

「そうです。発情期中に間違いがあってはいけないので、尼僧院で預かることにしました。これは医師の判断によるものです。だいたい一週間くらいで発情期は終わると思われるので、あと四日程度で家に戻れるかと」

ステインはまだ混乱していたようで、文句を云うことも忘れてポカンとしていた。反対されなかったので神父はステインの家を後にした。

孤児を引き取って使用人のように働かせる家は珍しくない。ろくな食事を与えずただ働きさせることに何の罪悪感も覚えない人間は少なくない。それは彼ら自身も貧しいから仕方ない部分もあるのだが、ステイン夫妻は自分たちは充分に贅沢な暮らしをしている。

神父は嫌な気持ちだったが、表立って問題にすることもできないのだ。

あの夫妻がアイルをオメガだと知ったらどうするだろうか。

まさか娼館に売り払ったりはしないだろうが、そんなことにならないように気を配っておかなければと思ったものの、神父が口出しできる権限はあまり大きくない。

深い溜め息をついて、神父は教会に戻った。

アイルは一週間も家の仕事をしなかったことで、きっと養父母から叱られると思ってびくびくしながら家に戻った。

が、養母は叱るどころかアイルを大袈裟に抱き締めた。

「アイル！　元気そうでよかったわ」

アイルはそんなことをされたこともなくて、戸惑うばかりだった。

「さぞかし不安だったでしょうね。でも安心なさい」

見たこともないような笑顔で、アイルを居間のソファに座らせた。

そこは、使用人並みの扱いをされているアイルは寛《くつろ》ぐことは許されなかったところだったので、どう振る舞えばいいのかわからず、ただ不安そうに俯いていた。

「オメガのおまえを嫁として迎えたいという貴族の旦那さまが見つかったのよ」

「え……」

「すごいでしょ。貴族よ？」

アイルにとっては、貴族どうこうよりも嫁と云われたことの方がすぐに理解できなかった。

「アルファの男爵さまよ。商売で成功されていて、王宮にも出入りされているとか。おまえは本当に幸せ者よ」

養母の有頂天の理由はわかったが、アイルは突然のことに戸惑うばかりだ。

オメガだと知っただけでもショックなのに、次は嫁入りだとか…。それをどう受け取ればいいのかすっかり混乱していた。

「もうすぐお父さんが帰ってくるから、お礼を云いなさいよ。おまえのために方々手を尽くしてくれたんだから」

彼らが自分のために奔走してくれたと考えるほど、アイルもお人好しではなかった。これまで養父母が自分に親切だったことはないし、彼らが自分以外の周囲の誰かに対して損得抜きで何かをするようなことはなかったことを知っているからだ。

アルファの貴族の中には、オメガを愛人にしたい者はそれなりにいる。それも希少な男子となれば、高値がつくこともあるのだ。

さすがにアイルはそこまでは知らなかったが、自分を嫁に迎えたい貴族が養父母たちに支度金を用意してくれるのだろうということくらいは想像できた。

自分が嫁ぐということは考えたことはなかったが、それでもこの家を出れば今よりよいことがあるかもしれない。どうせ教会で働くことは叶わないし、何より娼館で身体を売ることにだってなりかねないのだ。

親が決めた相手と結婚することはごく一般的なことだったし、それほど悪いこととも思えなかった。

「明後日に、男爵さまにご挨拶に伺うのでおまえもそのつもりでいなさい。サリー夫人にお願いしておまえにも合いそうな服を借りてきたので、試しておくといいわ」

自分が知らないところでどんどん話が進んでいたが、そういうものなのかもしれないと、アイルはあまり深くは考えなかった。

そのときに、はっとして思い出した。

「あの、厨房の掃除は…」

云いかけたアイルの言葉を遮って、養母は微笑んだ。

「そんなことはしなくていいの。できるだけ部屋から出ないようにね。男爵さまはおまえがオメガだと知ってよからぬ気を起こす者がいてはいけないと、心配なさっていたのよ」

アイルは目を丸くした。もしかして男爵さまは親切な方なのかもしれない。

「そうそう、サリー夫人からおまえにも読めそうな本も持ってきてもらったのよ。それも部屋に置いておいたから、ゆっくり読むといいわ」

「…ありがとうございます」

養母の機嫌がよすぎて逆に不安になるが、養子が貴族に嫁入りできるとなればそんなものかもしれないなと納得した。

これは自分にとっていいことなのかもしれない。

養母の話だと、男爵は前妻に先立たれて再婚になるという話だから、少し年上のようだが、いろいろ教えてもらえるかもしれない。仕事のことも教えてもらえて、自分も手伝えるかもしれない。

そういう生き方もあるのではないかと、淡い期待を抱いていたが、その男爵に会ったときにその期待はぐずぐずと崩れ落ちた。


養父母に連れて来られた男爵の屋敷は、ごてごてと飾り立てられていて、男爵自身も気品の欠片《かけら》もない人物だった。

「ほう、おまえがアイルか」

養父とさほど歳が違わない、でっぷりと太った腹を揺らして近づいてくる男爵は、アイルを見るなり下卑《げび》た笑みを浮かべた。

「男のオメガとは珍しい。もちろん手付かずなんだな?」

そう云うと、養父母に目をやる。

「もちろんでございます。何も知らない子です。可愛がってやってください」

養父は媚びた目で慌てて返した。

「ふふふ。それは楽しみだ」

不快な臭いの息を吐くと、アイルの耳元を嗅ぐ。

アイルは全身がぞわっと怖気立《おぞけだ》った。

「…匂わないな。発情期ではないせいか？」

「恐らく」

「もし、オメガじゃなかったら返品だけでは済まぬぞ」

じろりと二人をねめつける。養母は慌てて医師の診断書を差し出した。

「ご安心ください。こちらが診断書でございます。神父が連れてきた医師です。もし間違いでしたら、その医師を訴えましょう」

男爵はそれを見て、ふんと鼻を鳴らした。

「いいだろう。では次の発情期までのお楽しみにとっておくか」

にやりと笑うと、アイルの首筋に太い脂ぎった指を這《は》わせる。

アイルは経験したことのない気持ち悪さで、吐きそうになるのを必死で堪えた。

食事が運ばれてきて、男爵はくちゃくちゃと咀嚼《そしゃく》音を立てて皿を平らげていく。アイルはできるだけそれを見ないようにしていたが、その音を聞くだけで食欲がなくなってしまう。

養父母たちは気にならないのか、贅沢な料理に舌鼓を打つ。

「男爵さまの評判は私たちの村にも届いております。新しく始められた商売も順調なようで、その手腕を皆が羨《うらや》んでおりました」

養母の追従《ついしょう》に、男爵は満足そうに微笑むと、ぐびぐびとワインを流し込んだ。

「まあ、儂のやり方を真似るのは簡単ではないだろうがな」

「目の付け所が違いますものね」

「よくわかっておるではないか。ただ、商売がこれほど成功しているのに、自分の子どもに跡を継がせられないのが残念でならなかった。何人嫁を迎えても誰も儂の子を産めないときた。しかし男のオメガならきっと私の跡継ぎを産んでくれるだろう」

その男爵の言葉にアイルは驚いた。再婚だとは聞いていたが、二度目ではなく何人目かの妻となるらしいのだ。

「もちろんでございます。私どもも孫の顔が見られるとは、こんな嬉しいことはありません」

「この縁は大事にせねばな」

養父母たちは露骨に男爵にへつらいながら食事を満喫していたが、アイルは食べ物を飲み下すのがやっとだった。

人を見た目で判断してはいけないが、それでも男爵には生理的な嫌悪を覚えてしまう。そもそもオメガを品物のように扱う人間に教養があるとは思えない。

アルファのことは殆ど知らなかったが、品があって知的な人たちだという先入観がアイルにはあったのだが、男爵はそれからはほど遠いと云うしかない。

もしかしたら若いときはそれなりに見目はよかったのかもしれない。しかしこれまでの生活ぶりと加齢のせいで、見るに堪えない容姿に変貌してしまったのか…。

娼館に売られるよりはマシだと思うしかないのだろうか。

アイルは自分の運命に項垂れるしかなかった。

しかし、そんなアイルの運命が更に変わろうとしていた。

それは、男爵邸を訪れた数日後のことだった。

王宮からの使者がステイン家を訪れて、王室の紋章の入った手紙を差し出した。

「照合に少し時間がかかりましたが、確認がとれましたので、アイルさまには早急に王宮に移っていただきます」

突然の申し出に、ステイン夫妻は反応もできずに、バカみたいに使者の顔を見ている。

「あの…、今なんと？」

「こちらの血統に男子のオメガが出れば、皇太子の側室としてお迎えすることになっておりますので。もちろんまだ候補ですが」

「こ、皇太子さまの？」

「側室ですって？」

夫妻は驚きのあまり、同時に奇声を発した。

それを聞いた使者の眉が寄る。

「…ご存じなかったのですか。元からそういう取り決めでした」

「え…それは……」

使者は厳しい目でステインを見る。

「養父母でありながらそれも知らずに養育費を受けていたと？」

その言葉に、ステイン夫妻は慌てた。

「あ、あの…。私どもは遠い親戚で、アイルの親からは詳しい話は聞いておりませんでしたもので…。ただ、自分らに何かあったときはアイルを頼むと」

「そうです！　アイルが孤児になったと聞いて、放ってはおけないと引き取ることにしたわけで。オメガだったこともごく最近知ったばかりです」

「当時は、この村は疫病が流行って大混乱していました。私どもも必死になってアイルを探して、役場からも正式な養子として認めていただいています」

二人の言い分を、使者は頭の中で検討する。

既に貴族ではなくなっていたアイルの実の家族が、王室との複雑な関係を外に漏らさなかったということは充分に考えられる。誰かにそのことを託す余裕もないままに疫病で亡くなってしまったのだとしたら、ステイン夫妻が知らないのもさほどおかしなことではないだろう。

疫病が嵐のように村を襲い、短期間で大勢の罹患者が出て亡くなっていった。被害が拡大しないように病人は隔離されて、家族が離れ離れになったという話も聞いている。

「なるほど。そういう事情ならばご存じなかったのも仕方ないでしょう」

その言葉に、二人は露骨にほっとする。アイルと自分たちに親戚関係など何もないことは不問にされたのだから当然だろう。

使者は、改めてアイルの王宮入りのことを二人に説明した。

「あの、それはつまり、うちのアイルが王宮で暮らすことになると、そういうお話で？」

探るようにステインが尋ねる。

「将来ずっとそうなるかはまだわかりません。当面は側室候補としての教育を受けていただくことになります。あくまでも候補です」

夫妻はようやっと事情が呑み込めたようで、まるで夢を見ているような顔になっている。

「こ、光栄でございます」

二人は手を取り合って、大袈裟に喜んだ。

彼らがアイルにどんな仕打ちを続けてきたのかを知らない使者は、彼らの悦びように満足そうに微笑んだ。

「できるだけ早くお越しいただきたい。支度が整ったらお迎えにあがります」

「支度とは……」

ステインの顔が俄《にわか》かに曇る。王宮に上がるために必要な衣装を作らないといけないのだろうかと思ったのだ。

「王宮で生活するのに相応《ふさわ》しいものをこれから準備することになるわけで？　お恥ずかしい話ですが、私どもは貯えも充分ではなく、それたけのものがすぐに用意することは難しく……」

アイルのために金を使うことは避けたい一心なのだが、それを使者に悟られないように妻も用心深く見守る。

「ああ、そういう意味ではありません。ご本人が王宮にも持っていきたいと思うものがあればそれをまとめていただくという意味で。それ以外に必要なものは、衣装も含めてすべてこちらで用意することになるでしょう」

ステインはほっとして頭を下げる。

「それはありがたい」

「精一杯のことはしてやりたいですわ」

そんな気もないくせに、養母はそう口走る。

夫妻はすっかり浮足立って、使者を見送った。


「こいつはすごい。側室ときた」

「あの子は金の卵を産む鶏だったのね。私たち本当についてるわ」

「だから、引き取って正解だって云っただろ？」

「そうね。子どもなんて面倒なだけだと思ったけど、あんたの云うとおりにしてよかったわ」

妻の言葉に夫は満足そうににたりと笑ってみせたが、ふと顔を曇らせた。

「けど、男爵には何と云う？　支度金までもらっちまったのに…」

思い出して渋い顔をする。

「あの男爵のことだから、違約金がどうのと云い出すかもしれないぞ」

妻は笑ってそれを否定した。

「王室が相手なのに云うわけないでしょ。そんなこと云ったら男爵の恥になるだけよ。それにもし側室に選ばれなかったときは改めて男爵に嫁がせればいいし」

「そんなにうまくいくかね」

「男爵が断っても、他にも欲しがる貴族はいるはずよ。皇太子の側室候補というだけでも別格の扱いになるはずよ」

鼻息荒く云い放つ。

「それに、うまくいって側室になれれば、私たちは未来の王族の祖父母になるのよ」

「そうか。そりゃすげえな」

「そのうち、住まいを都に移さないといけなくなるかしら」

「おいおい、気が早くないか」

「でも心づもりはしておかないとね。衣装だって笑いものにされないように、いい仕立て屋を紹介してもらうわ」

贅沢好きの妻に苦笑しつつも、ステイン自身ももっと楽しい人生が待っていることにほくそ笑んだ。

そして二人はアイルを呼ぶと、王宮で側室候補としての教育を受けることになったことを話した。

「おう…きゅう？」

「わしらも驚いたよ。急に云われても信じられないと思うが、王室の紋章のある手紙ももらっている」

アイルはそれを渡された。そこには確かに王宮に招くとある。

「な、ぜ……」

「それは私たちもよくわからないの。おまえの両親は知っていたのかもしれないけど、王宮がらみのことだから秘密にしていたみたいね」

二人は当然養育費のことは云わずにいた。

「男爵さまは……」

「それはこちらで断っておく。何といっても王室からの要請だ。断るわけにはいかない」

「……」

アイルは男爵に嫁入りしなくて済んだことに少しほっとしたが、それでも王宮入りのことはあまりにも現実味がなくて、どう受け取ればいいのかわからなかった。しかしなんであれ、自分の意思など関係なくただ運命に流されるしかないのだ。

王宮での教育がどんなものなのか想像もつかない。教育とは名ばかりで、男爵のような貴族の慰みものになるということなのかもしれないのだ。もしかしたら男爵に嫁入りした方がマシだという未来だってある。それを考えて身震いした。

王宮に入るからといって、自分が貴族のような生活ができると考えるほど楽観的にはなれなかった。光のあるところほど闇は深いと聞く。闇の中で、王族の子を産むだけのために一生閉じ込められるかもしれないのだ。

できれば神父さまに相談したかったが、出発の日まで間がなく、それまでこの家から出ることは許されなかった。

不安に押し潰されそうになりながら、アイルは出発の日を迎えた。

ぼさぼさの傷んだ髪を無理矢理撫でつけられて、男爵邸に着ていったぶかぶかの服を着せられて、アイルは王宮の使者に伴われて家を出た。

立派な二頭立ての馬車に、アイルは目を丸くした。

「…荷物はこれだけですか？」

以前神父にもらった聖書と数冊の本だけがアイルの荷物だった。

「ええ、新しい生活に慣れるために古いものは持って行かないことにしましたの」

養母がそう云って微笑む。彼女がアイルに与えたぼろ服を持参するわけにはいかないだろうし、それ以外のアイルの持ち物などなかったのだ。

「それはよい心がけです」

使者は、養母の言葉をそのままに受け取って頷く。

養母はアイルを大袈裟にぎゅっと抱き締めた。

「ああ、愛しい子と別れるなんてこんな寂しいことがあるでしょうか」

しらじらしい言葉を口にする養母の腕の中で、アイルは目を白黒させた。愛しい子などと云われたこともなければ、こんなふうに抱き締められたこともなかったのだ。困惑したまま、養父からも同じように抱き締められた。

「おまえの幸せをいつでも祈っているよ」

自分の言葉に酔ったような養父は、アイルを使者に引き渡す。

使者は、アイルのぎこちない様子を王宮に招かれたことでの緊張だろうとしか思わなかったようで、微笑みながら馬車に案内する。

アイルが乗り込むと、使者は馬に跨《またが》った。

「では、失礼いたします」

帽子を取って挨拶する。そして従者に合図をした。

アイルは一人きりで豪華な馬車に乗せられて、全身を緊張させていた。が、少し進んだだけで馬車はすぐに止まった。

なんだろうと思って窓の外を窺うと、教会の前だった。

「神父さまにご挨拶があるので寄りますが、貴方はどうされますか？」

使者の提案に、アイルは大きく伸び上がった。

「ぼ、僕もご一緒させてください」

まさか、神父さまにお別れが云えるとは。

神父はお祈りの最中だったが、王室の使者が訪れていると聞いて、急いで彼らを出迎えてくれた。

「神父さまにはアイルの件でいろいろとお世話になったと伺っております。こちらは王室から教会への寄付でございます」

使者は懐から封筒を取り出して、神父に手渡す。

「王室から…。光栄でございます」

神父は、あのときのドクターの言葉を思い出した。彼は王宮が男性のオメガを保護していると云っていた。

ステイン夫妻がアイルを隣町の男爵との婚約話を進めていることを神父も耳にしていて、男爵のよくない噂も含めて彼に同情していたが、もしかしたら状況が変わったのではないか。

そう思って、使者の後ろにひっそりと立っているアイルに視線を移した。

「彼はこれから王宮で生活することになります」

「王宮？」

神父は思わず口にした。

「し、神父さま、これまでたくさんのことを教えていただきありがとうございました」

アイルは一気にそう云った。

「アイル…」

「このご恩は一生忘れ……、わす、わすれ……」

途中から涙が溢れてきて止まらない。

そんな二人を見て、使者は二人から離れた。

「…私は外で待たせていただきます」

二人を残してそそくさと部屋を出ていく。気を利かせてくれたのか、それともアイルが泣き出すのを見たくなかったのか。

しかし、その時間が二人にとって必要だったことは間違いない。

神父は必死で嗚咽をこらえるアイルを、そっと抱き寄せた。

「アイル、元気で…」

「神父さま……」

アイルはこれまで堪えてきた不安が一気に爆発して、神父に縋りついて、声を押し殺して泣いた。

この子は声を上げて泣くこともできないのか、神父はそんなアイルに同情した。

「…王宮の近くにある教会に私の尊敬する神父がおられる。私から手紙を書いておこう。困ったことがあれば相談するといい」

そう云って、教会の名を教えた。

「そうだ。これを餞別《せんべつ》に……」

神父は一冊の本をアイルに手渡した。

「これはその神父からいただいたものだ。ここに署名が…」

表紙の裏側の署名を指して、神父の名前を教えた。

「でも、そんな大切なものを……」

「いいんだ。私よりきみが必要としているのだから」

アイルは戸惑いながらもそれを受け取った。ずしりと重いそれは、アイルに僅かばかりの安《あん》堵《ど》を与えてくれた。

「…ありがとうございます」

アイルは袖で涙を拭いた。

神父は自分のクロスを外すと、アイルにそれをかけてやった。

「神父さま……」

「アイル、きみの人生がよりよくなるよう祈っているよ」

その言葉に後押しされるように、アイルは教会を後にした。

暫くはずっと窓から外の景色を見ていた。もうここに戻ってくることはないかもしれないのだ。少し馬車を走らせただけで、あたりは知らない場所だった。

アイルは自分の家とその狭い周辺と、教会以外は知らずに育った。外に出ることすらままならなかったのだ。

不安な王宮への旅だったが、もらったばかりの本を膝の上に置いて、首にかけられたクロスをぎゅっと握る。不思議と勇気が湧いてきた。

小さな村から一歩も出たことがなかったため、不安でいっぱいだったが、それでも自分の人生が変わることに僅かの期待を信じるしかなかった。

馬車が到着したのは、首都の中心部から少し離れたところに建つ、マーゴット侯爵夫人の別荘だった。

侯爵夫人は王妃の親族で王宮内でそれなりの影響力を持つ人物で、アイルの花嫁修業のために自分の別荘を使うことを快諾してくれたのだ。

アイルを出迎えたのは執事と数人の使用人たちだけで、皇太子や侯爵夫人が日ごろ過ごす屋敷と比べるとかなり小規模だったが、アイルにとってはすべてが驚くほど贅沢だった。

執事の説明によると、侯爵夫人の亡き夫の祖父が引退後に暮らした屋敷で、学者肌の彼は立派な図書室にあらゆるジャンルの本を集め、庭の一部を薬草園にして研究もさせていたということだった。

大理石の螺旋《らせん》階段を上がって、眺めのいい部屋に案内される。

「アイル様にはこちらを使っていただくことになっております」

広い立派な部屋に足を踏み入れたアイルは、その執事の言葉に耳を疑った。

僕の部屋？　こんな立派な？

「隣が寝室になります。中から行き来ができますので」

中にもドアがあって、隣の部屋に続いている。

見たこともないような豪華なベッド。ワードローブの中には、たくさんの洋服が並べられている。

アイルは自分の身に起こったことが現実のものとは思えなかった。

一番の衝撃は食事だった。適温で出される料理は素晴らしく美味で、しかしアイルはそれに感動するよりも逆に心配になって、おどおどしながら食べた。いつ誰かがやってきて、なに勝手なことをしているのかと怒鳴られはしないかとびくついてもいた。

しかし、それが夢ではなく現実ものだと思えるようになったのは、ほどなくして派遣されてきた家庭教師たちの存在だった。

彼らは短期間でアイルのスキルを上げるために、王室から派遣されたスパルタ教師陣だったのだ。

教師たちはアイルの学力を測るためにいくつかの試験を行った。その結果ほど現実的なものはないとアイルは感じた。

アイルは設問を読むのが精一杯で、問われていることには殆ど解答できなかった。

アイルの置かれた境遇では仕方ないとはいえ、教師が予想していたレベルにはとうてい届いていなかった。

「厳しいことを申し上げるなら、アイル様のご年齢ならば九割は正解できて当然の簡単な問題でございます」

執事は言葉を選ぶことなく、アイルに現実を突きつけた。

その日から、アイルは毎日の課題をこなすことに忙殺された。感傷に浸っているような時間はなく、一日の殆どを勉強の時間に費やした。

しかしそのことは、アイルにはそれほど苦ではなかったのだ。

ずっと学ぶことに憧れていた。教会で働けるようになったら、もっともっとたくさんの本を読んで勉強ができるのではないかと夢見ていたくらいだ。

ステイン家では、勉強をすることは「生意気」なことで、知識を得ることを「気取ったこと」だと養父は考えていて、毛嫌いしていた。

養父から隠れるように本を読んでいたときのことを思えば、睡眠を削って勉強することくらい何でもない。

そんなふうに毎日の課題に追われているうちに、これが現実以外の何ものでもないことはわかってくる。

またあの暮らしに戻ることにならないように、アイルはひたすら勉強に打ち込んだ。

＊＊＊＊＊

「あれ？　ない…」

乗馬の練習を終えて部屋で着替えていると、胸に着けていたはずのクロスがなくなっていることに気づいた。

「…どうされました？」

床に這いつくばって探しているアイルに、世話係のフリッツが不審そうに声をかける。

「あ、あの…。クロスを落としてしまったみたいで」

「え、それは大変！」

フリッツも一緒に探してくれる。が、見つからない。

「もしかしたら乗馬のときに…」

「乗馬の…、ですか……」

フリッツの眉が寄った。探す場所が広範囲すぎるからだ。

「ちょっと、探してきます」

「あ、でも、あと十分もすれば次の授業が…」

「それまでには戻ります」

神父にもらった大切なクロスだ。アイルは急いで階段を駆け下りた。

一番可能性がありそうな、馬から降りたあたりにしゃがみこんで目を凝らす。風が強く、アイルの髪をかき上げていく。ふと目の前に影ができて反射的に見上げると、そこには図書室で会った技術者らしい男性が立っていた。

「もしかしたらだけど、これ探してる?」

手元にキラリと光るものが見えて、慌てて立ち上がる。

「あ……」

「さっき図書室で見つけたんだけど……」

彼はアイルにそれを見せた。

「クロス…」

思わず手を伸ばしてしまう。

「実は気づかずに踏みつけてしまって、チェーンが切れてしまったみたいなんだ。ごめんね…」

謝罪されて、アイルは慌てて首を振った。

「い、いえ……。落としたのは僕なので…」

「よかったら、別のチェーンに付け替えて…」

「いえ…。そのままで…」

アイルは慌てて返す。

「そう?」

技師は申し訳なさそうにアイルにクロスを差し出した。

「ありがとうございます」

小さい声でお礼を云って、受け取ろうと掌《てのひら》を広げる。そのとき、偶然技師の手とアイルの指が触れた。

「わ…！」

びりっと電気のようなものが走って、アイルは思わず手を引いた。

「え、静電気？」

技師にも同じことが起こっていた。そして彼がそう云ったと同時に、アイルは強い眩暈《めまい》に襲われてぎゅっと目を閉じた。

あれ、この人のことを知ってる？

そんなはずはないのに、アイルはどこかで会ったことがあるような気がした。

その途端に、かーっと身体が熱くなってきた。

あ、この感じ…。あのときの……。

まずいかも…。

そのとき、さっき以上に強い風が吹いて、アイルの髪を乱暴にかき乱して、中心の熱さがさっと消えた。

「アイルさまー！」

屋敷の二階の窓から、フリッツが手を振っている。

「先生がお見えですよー」

アイルははっとして、慌てて手を振り返した。

「すぐに戻りまーす」

そして技師を振り返った。

「あの、わざわざありがとうございました」

深く頭を下げると、急いで屋敷に向かって駆け出した。

遅刻したことを詫びなければ…、そう思って急いで屋敷に駆け込む。

「すみません、お待たせしました」

「クロスは見つかりましたか？」

教師はフリッツから事情を聞いていたらしく、深々と頭を下げるアイルに微笑んでくれた。

「あ、はい」

それを聞いて、フリッツも嬉しそうに頷いている。

「それはよかった。では始めましょうか」

怒られなかったので、ほっとして椅子に座る。

既にさっきの熱は収まっていて、どこか不思議な感覚だけが残った。

その後は特に何もなく過ごしたが、夜中に妙な夢のせいで目が覚めた。

誰かわからないけど、後ろから優しく抱き寄せられて、自分はすっかり体重を預けてしまっていた。その男の手が自分の前に回って。

アイルは真っ赤になった。

そんな夢を見たのは初めてだ。

身体はすっかり火照っていて、奥がムズムズする。

これはもしかしたら発情期のときのそれだ。

アイルはまだ発情期を二度しか経験しておらず、周期も不安定だった。だから、あの技師に会ったことと発情期に何らかの関係があるとは考えはしなかった。

目を閉じて、自分で慰める。

またこれが一週間ほど続くことになる。

自分のものを弄っていると、どうしても昨日の技師のことを思い出してしまう。それがなんだか悪いことのようで、アイルは必死で違うことを考えようとするが、うまくいかない。

夢の中の人物が彼の姿と置き換わって、かっと身体が熱くなる。

そのとき、はっと気づいた。

あの人、あのとき夢で見た人では…。最初の発情期に、尼僧院の寝台で自分を慰めていたときに見た夢の…。

それはたぶん気のせいなんだろうけど、それでもアイルはあのときのリアルさが蘇ってきてしまって、これまで以上に昂《たかぶ》ってしまった。

「あ、……」

小さい声を上げて、アイルは射精した。

罪悪感でいっぱいになって、手を拭うと、ドアノブに入室禁止の印を下げにいく。それが下がっているあいだは、女性の使用人以外は部屋に近づかない決まりだ。

少し恥ずかしかったけど、そうしておかないと間違いが起こらないとも限らない。そう云われていた。

外はまだ暗く、中から鍵をかけると再びベッドに戻る。

男のオメガは発情期だけ妊娠可能となると云われている。発情期中はフェロモンを撒き散らしてアルファを惹きつける。それはアルファだけでなくときにはベータすら惑わす。

特にアルファはそのフェロモンに抵抗することは難しく、避妊が困難なこの時代では欲望のままにオメガを孕《はら》ませてしまうことになる。

仮にも皇太子の側室候補であるオメガを孕ませたとなると大問題だ。そんなことは絶対にあってはならないので、屋敷に仕えている者たちがアイルの扱いに慎重になるのは当然のことだった。

アイル自身は、発情期中の過ごし方にまだ慣れないでいたが、それでも自慰で何とか収めることができていた。一日中悶々とした時間を過ごすということはなく、他人と接触することがなければ大きな問題はなさそうだった。

それでもこの日は射精したばかりなのに、またすぐに身体は火照ってきた。

主治医からは発情期中は無理に抑えようとせずに、自慰で発散させた方がいいのだと教えられた。我慢し続けているとどんどんフェロモンは濃くなって闇雲にアルファを求めかねないと云う医師もいるらしいのだ。教会は自慰には否定的だが、それはオメガには当てはまらないのだと医師は云う。

アイルは罪悪感を持ちつつも、それでもどうしようもない状態のときには医師のアドバイスは救いにはなった。

アイルは、後ろに指を挿入して中を弄る。初めは抵抗があったものの、今はペニスを扱くよりも後ろの方が感じてしまう。

「ん…、んんっ……」

唇を噛んで、喘《あえ》ぎを堪える。

その唇を、長い指が優しくこじ開けた。え…長い、指?

自分で触っていたはずなのに、誰かの指に入れ替わっている。

『…声、聞かせて？』

だ、れ…？

『遠慮しないで』

後ろに侵入している指がさっきよりも奥深くまで埋まっている。内壁を擦り上げていって、声が抑えられない。

「あ、ああ、んッ……！」

恥ずかしいほど濡れた声を上げてしまう。

『可愛いね…』

囁かれて、全身が震える。

やっぱりあのときと同じだった。自分のアナルやペニスを弄っているのが、他人の指に思えてしまう。

その他人の声は、あの図書室で会った技師の声に似ていた。

『気持ちいい？』

アイルの反応を見ながら、彼の好きな場所を探っていく。アイルがたまらず反応したポイントを指で執拗に愛撫してくれるのだ。

「き、気持ち、い……」

自分で言葉にして、それに煽られてしまう。

妄想にしてはリアルすぎて、しかし現実であるはずもなく、それでもアイルは全身を捩《よじ》ってその愛撫を受け入れていた。

射精して少し落ち着くと、アイルは強い罪悪感に苛まれた。

自分は皇太子の側室候補なのだ。皇太子以外の男性が、たとえ夢であったとしてもこんな形で出てくるなんて間違っている。そりゃ皇太子を思い浮かべるのも恐れ多いが、だからと云ってこんなことはおかしい。いったいどうしてしまったのか。

あの電気が走ったみたいな衝撃のせいかもしれないが、こんなことは誰にも悟られてはいけない。二度とこんなことがあってはいけない。そうは思うのだが、どうやって自分で制御すればいいのかわからない。快感を波がやってきたら、もうそれに身を任せるしかなかった。

発情期の一週間が過ぎて、アイルはフリッツに勧められて久しぶりに庭に出た。

発情期中はあの男性が夢に現れない日はなかったが、アイルはできるだけそのことは考えないことにした。黙っていれば誰にもわからないことだし、そんなことで悩んでも仕方ない。

実際、発情期が終わってしまうと憑《つ》き物が落ちたかのように、すっきりとした日常が戻ってきた。

庭のバラは早咲きの種類の蕾《つぼみ》が膨らみかけていて、散歩しているだけで幸せな気持ちになってくる。

「アイル様、こちらでしたか」

振り返ると、執事の姿があった。

「今しがた、侯爵夫人の使いの者がまいりました。なんでも再来週にはミシェル様がこちらにお立ち寄りいただけるようです」

執事の言葉に、アイルは思わず彼を見上げる。

「皇太子さまが…」

「侯爵夫人がバラのサロンを開くのでお誘いしたところ、ご快諾くださったとのことです」

「バラのサロン…?」

「二週間もすればこのバラ園は花で満ち溢れます。そのときに楽師を呼んでサロンを開くのが毎年恒例です」

サロン…、そういえば授業でそんな絵画を見たことがある。

「こうしてはおれません。新しい衣装を作らなくては。デザイナーを呼びましょう」

いつも冷静な執事が浮足立っている。

皇太子を招待するということなら、きっと大がかりなものになるのだろう。アイルは想像するのがやっとだったが、それでも皇太子に会えるということで、少し緊張してきた。

よく考えてみれば、自慰のときに皇太子を思い浮かべてしまったら、実際にお会いするときにどんな顔をすればいいのかわからない。だからこれでよかったのだと、アイルは都合よく考えることにした。

そんなことよりも、皇太子に失礼にならないように話ができるかを心配すべきだ。以前お会いしたときは、専《もっぱ》ら侯爵夫人が場を取り持ってくれたので、自分は聞かれたことだけに答えていればよかった。今回もきっと侯爵夫人は同席してくれるだろうが、それに甘えてばかりではいられない。

ほどなくして使用人たちにも皇太子の来訪が告げられて、屋敷の中が一気に活気づいた。何しろ楽師を呼んでのサロンは久しぶりのことなのだ。

教師たちはこれまで以上にアイルの言葉遣いを目敏くチェックして、少しでも訛《なま》りがあると厳しく直された。

王室の歴史の勉強に費やす時間が増えて、アイルは複雑な家系図を片っ端から暗記させられた。この庭のバラ園は夭折《ようせつ》した王子や王女を弔う目的もあって、新種のバラには彼らの名前が付けられたものも少なくなく、大切に育てられているのだ。

アイルは歴史には興味があったが、王宮のものであればたとえ植物であっても丁寧に手をかけられていることも知って、どこか冷めた気持ちになることもあった。貧しい平民の子どもよりも、王宮のバラの方がずっと大事にされているのだ。

しかしそんな自分の考えを慌てて打ち消した。そんなことは考えてもいけないことなのだ。ただ、素直に覚えるべきことを覚えて、恥ずかしくない振る舞いができるようにならないといけない。

アイルは堆《うずたか》く積まれた書物に書かれたことを、ひたすら覚え続けた。


すっかりサロンの準備は整って、楽師たちの一行も到着していた。

侯爵夫人は親しい友人を招待していて、彼女たちの馬車が次々とやってくる。

アイルは朝からできたばかりの衣装に着替えて、部屋の窓からそれを眺めていた。

いったい何人の人が招待されているのだろうか。侯爵夫人の友人ということは、身分の高い人たちばかりだ。そう思うだけで緊張してきてしまう。

「アイル様、失礼いたします」

執事が扉を開けると、侯爵夫人が姿を見せた。

「お、はようございます」

アイルは慌てて窓から離れて、深々と頭を下げる。

「おはよう、アイル。実は残念なお知らせです」

侯爵夫人は淡々とした口調で話し始めた。

「ミシェル様は今日はお来しになれないと、さきほど連絡がありました」

「……」

「急なご公務のためだそうです」

アイルはただ黙って頷くしかできなかった。

「できれば、貴方を私の友人たちに紹介したかったのですが、ミシェル様抜きで勝手なことはできないので、今日は貴方には欠席していただきます」

侯爵夫人の口調は優しかったが、それでもアイルは見離されたような気になってしまって、つい俯いてしまう。

「…はい。わかりました」

項垂れて、ぼそぼそと返す。

あまりにも意気消沈しているアイルを可哀想に思ったのか、侯爵夫人は彼に近づくとその手をとった。

「次の機会にはきっといらしてくださるでしょう。私からもミシェル様にお願いしておきましょうね」

「…ありがとうございます」

手袋ごしでも彼女の優しさが伝わってきて、アイルは小さく頷いた。

夫人が執事を伴って部屋を出ると、廊下で控えていたフリッツが入れ違いで部屋に入る。

「…残念でございました。せっかく衣装も新調したのに」

「…うん」

「とてもよくお似合いです」

「…ありがとう」

そう答えたが、自分では全然似合っていないと思っていた。刺繍が織り込まれた豪華な生地の衣装は、貧相な自分にはまるで似合わない。デザイナーもイメージとは程遠かったのか、苦笑いしていたのをアイルは知っている。

長い間貧しい食生活を送ったせいか、食べ慣れない物を食べると消化不良を起こしてしまうため、食べる量を増やすこともままならず、なかなか体重は増えなかった。肌艶はかなり改善したものの、貧相な印象はあまり変化がない。

「少し早いのですが、昼食を先に運ばせていただきます。私も今日は接客の指示を受けているので…」

ふだんの使用人では足りず、侯爵夫人は自分の屋敷からも数人連れてきていたくらいだ。フリッツがずっとアイルに付いているわけにはいかない。

「僕は一人で大丈夫です」

アイルはフリッツが部屋を出ると、汚さないように衣装を着替えることにした。

館からは出ないように云われていたので、人人しく部屋で本を読んで過ごす。

暫くすると、上品な室内楽の調べがアイルの部屋にも小さく届いた。教会で讃美歌を練習したことを思い出してしまう。

村にいたときよりもずっと恵まれているはずなのに、今の方が不安は強かった。

あのときは教会で働くという大きな目標があったからかもしれない。自分の力で自分の生活ができることが何よりの希望だった。学ぶことはその手段でもあったが、それ以上に知識が増えることは悦びでもあった。

今は学ぶ先にあるのが何なのかがわからなくなることがあって、これまでになく不安で仕方なかったのだ。

演奏が終わったあとも、夫人たちはお喋りに花を咲かせていた。

アイルは食べ終わった食事を自分で厨房まで下げて、そのあと一階の奥にある書庫で読みかけていた小説を読むことにした。

この屋敷は元の主が無類の読書好きだったこともあって、別棟にある図書室だけでなく屋敷の中にも書庫があったのだ。

図書室は学術書や資料などを中心に保管されていたが、書庫は通俗的な小説などが乱雑に置かれていた。中には王室を舞台にした小説もあって、歴史の知識がない者が読むとうっかり実話だと信じてしまいそうなくらいにはよくできたものもあった。

軽快な文体での読みやすい小説は、アイルもつい引き込まれてしまって、復習も予習も全部終わらせたあとだけと自分で決めて、そのときは貪《むさぼ》るように読んだ。

この日もその通俗小説の続きを読んでいると、不意に窓越しに女性の声が聞こえてきた。

「やっぱりいらっしゃらなかったわね」

「ミシェル様は側室にはご興味がなさそう」

側室と云われて、アイルはどきっとした。

話をしているのは、どうやら招待客のようだった。

「もう何か月もいらしてないらしいわよ」

「避けておられるのかも。間違いが起こらないように…」

「間違いって、さすがに発情期中はお会いにならないでしょ？」

「そうじゃなくて…」

云いかけて、声を潜める。

「…誰かが画策しないとも限らないでしょ」

「マーゴット侯爵夫人が？」

「しっ」

唇に指を当てて、他の二人が一人を窘《たしな》める。

「誰も侯爵夫人だとは云ってないでしょ」

「そうよね。侯爵夫人はミシェル様寄りですもの。だからこそ、ミシェル様も側室候補をこちらに預けられたわけだし…」

「それがそうでもないみたいよ。国王からもご相談を受けておられるようだから、なかなか難しいお立場らしいって…」

ただの噂話にしては妙に詳しくて、アイルは思わず息を押し殺してしまう。

「つまり、これまでミシェル様派だった侯爵大人が中立の立場になっておられるんじゃないかって。そうなると、使用人も動きやすくなるでしょ」

「どういうこと？」

「だから誰かが計画して、発情期の側室候補にミシェル様を近づけて既成事実を作ってしまえばって考えるかもしれない。というか、ミシェル様がそう危惧されてるってことじゃない？」

既成事実の意味が何かくらいは、アイルにだってわかった。貴族のご婦人たちもこんな下世話な噂話をするのだと、内心眉を寄せる。

「誰かって？」

「たとえば、執事とか」

「なるほどね」

その勝手な決め付けに腹が立った。執事も他の人たちもそんなことする人たちじゃない。そもそも、発情期がいつ始まるのかなんてアイル自身ですらまだ正確に把握できていないのに、画策するなんて簡単にできるはずがないのだ。そう反論したかったが口出しできるはずもなく、アイルは唇を噛んだ。

「使用人にとっては、アイル様が王宮に入ることになったら、このお屋敷の関係者ごと価値が上がるものね」

「お世話役を何人か連れて王宮入りすることも珍しくないから、そのお役目に与れたらそれこそラッキー」

「執事はあちこちから引きがきて、お手当もこれまでとの比ではないくらい跳ね上がることになるのは間違いなしね」

「本人だけじゃなくて、ご家族も一気に信頼が上がって今後も安泰よ」

使用人にとって、アイルが王族の一員となることは自分たちの名誉にもなるのだ。そしてそれは使用人たちだけではなく、アイルの家庭教師たちも同様だった。アイルが側室として皇太子の子を授かることにでもなれば、教師としての格が上がるのだ。王族の教育係となることも夢ではなくなる。

アイルは知らないことだったが、側室候補を預かることになって、使用人たちはそれが自分たちのステップアップに繋がることを期待していた。それが思った以上に下層の出でみすぼらしいオメガだったことで心底がっかりしていた者もいたのだ。

それでもそんなことはアイルには気取《けど》られることなく、むしろそんなアイルを磨き立てて皇太子に認めてもらうことを新たな目標に掲げて、執事も家庭教師たちも一丸となってアイルを鍛えている。

「ところがミシェル様はカテリーナ様にぞっこんで、最初から側室には否定的なわけで」

当たり前のことのように云われて、アイルは驚いて顔を上げた。

「そもそもオメガを嫌ってらっしゃるって話もあるしね」

「ミシェル様はお父様には似ず、潔癖でいらっしゃるから」

三人は含み笑いを漏らす。

「まあ、カテリーナ様のような美しくて理知的な方がいらっしゃるのに、側室になど興味が持てないのは仕方ないわね」

「しかも男性のオメガなんてね…」

蔑むように云われてしまう。

皇太子には意中の相手がいて、最初からオメガを側室にするつもりなどなく、だからここを訪れるつもりもないと彼女たちは云っているのだ。

「あら、でも男性のオメガは独特な雰囲気があると云うけど…」

「それが、聞いた話では、さして美しくもないみすぼらしい子どもですって」

「なんだ、そうなの？　どおりで侯爵夫人が紹介なさらないはずよね」

「オメガなんて可愛いのだけが取り柄でしょ？　ああ、あとセックスが並外れて好きとか？」

クスクスと笑い合う。

「フェロモンで誘惑されたら、その気がなくても関係しちゃうそうよ」

「まあ、嫌だ。ミシェル様が避けるのは当然かもね」

「そもそも発情期ってのが気持ち悪いわ。犬猫じゃあるまいし」

「犬猫と同じでしょ。発情したら一日中殿方を誘惑してしまうそうよ」

ひどい云いようだが、それが世間の評価なのだとアイルは思い知った。

「…貴方、よく知ってるわね」

「あら知らないの？　今人気の小説にも出てくるわよ。すごく詳細に描写されてるからきっと実体験だろうって云われてるのよ」

「それ、『うつくしき愛人』のこと？　私も読んだわ。やっぱりそうよね」

「もっとも、あの小説は女性のオメガだけどね」

「貴族のアルファがどんどんオメガに陥落されていくの。絶対に実在のモデルがいるはずよ」

「私知らない。今度読まなきゃ」

「貸してあげるわ。とてもいやらしくて、素敵なの」

楽しそうに笑いながら、彼女らの声は遠ざかっていった。

アイルはオメガになって日が浅いせいか、そのことの自覚があまりなかったが、世間があのように蔑んで見ていることを改めて思い知らされた。

そして、皇太子もオメガを側室に迎える気がないようだということも。何より、既に心に決めた女性がいらっしゃるということを。

それどころか、自分の存在が皇太子にとっては迷惑なものかもしれない。

それなら、自分は何のためにここにいるのだろうか。

アイルは自分の存在自体が否定されたような気になった。

側室の候補はアイルの他に何人もいた。それは国王の方針でもあった。

国王は自分がそうだったように、皇太子も側室をおいて複数のアルファの子を持つことが国の繁栄に繋がるという考えで、皇太子がそれを了解しないうちはカテリーナとの婚姻を認めないと皇太子にプレッシャーをかけていたのだ。

国王もカテリーナのことは気に入っていて、将来の王妃に相応しいことは認めていたが、二人が従兄妹同士であることを見逃すことはできなかった。近い血縁のアルファ同士では、二人の間に子が生まれ尚且つその子が成人まで健康に育つ可能性はかなり低いと考えられていたのだ。アルファの子となれば尚更だ。

そんなときに男オメガであるアイルの存在が発覚したことは、国王にとっては朗報に違いなかった。

アイルの先祖のオメガ男性は、何人ものアルファを産んで王室に貢献していたのだ。しかもその子たちは、全員が王族の遺伝子を色濃く伝承していた。それだけでなく、このオメガ男性は疫病に罹りにくく、罹っても健康を大きく阻害することがなかった。そうした特質は何代か先くらいまでは受け継ぐことができるようだった。アイルの先祖が王室に残した遺伝子の影響は、かなり高く評価されていたのだ。

しかもアイル自身も村を襲った疫病から難を逃れている。それを知った国王が、皇太子が血の近い皇太子妃を迎えるのを皆で祝うためにも、アイルを側室として強く推すのはある意味当然のことだった。

しかし皇太子はカテリーナの気持ちを慮って、頑なに側室を持つことを受け入れない。貴族のご婦人の間の噂話は、何も根も葉もないことではなかったのだ。

更に、アイルが発情期のときに強引に皇太子と会わせてしまえばいいと云い出したのは、実は国王だったのだ。冗談半分ではあったものの、多少強引でもかまわないと国王が考えているのは確かなのだ。

国王は在位する前はお忍びで複数のオメガと関係を持っていたこともあり、堅物の息子には悪くない経験になるだろうと思っているくらいだ。

それを誰かから聞いた皇太子が、アイルに会うことを警戒するようになったというのが実際のところだ。今回の急遽の取りやめは、その可能性を考えてのことのようだ。

マーゴット侯爵夫人は、両者の気持ちが理解できるだけに複雑な立場にいた。とはいえ、今回のバラのサロンは国王の意向ではなく、だからこそアイルの発情期を外したのだが、疑心暗鬼になっている皇太子にはその気持ちは伝わらなかった。

皇太子は幼いころから熱心に帝王学を学び、跡継ぎとしては申し分ない人格者であると思われていて、本人も統治者としての心がけは充分だったが、世継ぎ問題に関してだけは国王や側近たちとは考え方が違っていた。

好色な父王のおかげで兄弟は多いし、父自身も兄弟は多い。仮に自分とカテリーナとの間に子が持てなくても、それはそれでいいとすら考えている。しかし皇太子は彼女を裏切って他の誰かに自分の子どもを産ませるつもりはなかった。

しかし、国王やその側近たちはそれをよしとはしなかった。

次期国王は国王の血を引いたアルファでなければならない。その例外を認めることは国の秩序を乱すことになると考えられていたのだ。

実際には例外は過去にもあるが、そのことで争いが起こっている。そうならないためにも側室を持つことが当たり前とされてきた。

何より、王族でも新しく生まれるアルファの数は減り続けている。現国王が、王族とは親戚関係のない王妃を迎えたのもそのためだ。

そこに特別なオメガの登場となれば、皇太子の個人的な思いなど二の次だと国王たちが考えても少しもおかしくない。

むしろ王族の身でありながら、一人の女性だけにこだわって世継ぎ問題を軽視する皇太子こそ、国を継ぐ者としての自覚が足りないと思われていたのだ。

一方で、皇太子は複雑な立場でもうまく立ち回って、父とは違う新しい世代の生き方を進めようと画策してもいた。もちろんカテリーナが皇太子妃となって二人の子が生まれることを諦めているわけでもない。

側室のことを強く否定しないのも、父王との駆け引きでもあるのだ。

バラのサロンの招待を一旦は受けたのも、断ってしまうと更に強引な方法をとられかねないと考えたのだろう。それでぎりぎりになってのキャンセルとなった。

皇太子にとっての一番の懸念材料は、発情期と知らずにアイルに会ったときに、自分の意思を無視して彼を身籠らせてしまうことだった。

オメガに誘惑されると、如何に意志の強いアルファであってもとうてい抗えないということを聞いている。それならば、アイルと二人きりになることは絶対に避けなければならないし、そういう機会には自ら出向かないことだ。

アイルの聞いた噂話は、それほど的を外れていたわけではなかった。

噂話の真偽はアイルにはわからなかったとはいえ、アイルのやることは目の前の課題をこなすことだけだった。

悲観的になっても仕方ない。ただ自分の立場が思っている以上に危ういことに気づいて、足を掬《すく》われないように気を付けないとと考えていた。

技術者のあの男性に特別な感情を持つこと自体、誰にも知られてはいけないのだ。

それで、図書室に行くときは適当な理由をつけてフリッツやメイドについてきてもらうようにしていた。二人きりにならないように、気を付けていた。

この日もフリッツが付いてきてくれたが、急ぎの仕事があったことを思い出して、慌てて屋敷に戻ってしまった。

アイルも目当ての本が見つかったらすぐに図書室を出るつもりだった。

「あ、あった……！」

やっと見つかったものの、書棚の高い段にあってアイルが背伸びをして届きそうにない。

踏み台を探していると、数人の声が聞こえてきた。

庭師が誰かと話しているのだろうと気に留めなかったが、その声が近づいてきて、アイルははっとして入り口に目をやった。

「おい、リシャール、開きっ放しだぞ」

「誰かいるんじゃないか？」

そう云いながら、三人の男たちが入ってきた。

「あれ、先客がいたよ」

作業着を着た三人の技術者たちのようで、その中にあの男性の姿もあった。

「あっ…」

驚いて立ち尽くしてしまう。

「やあ、また会ったね」

アイルは弾かれたように我に返ると、慌てて頭を下げた。

「あ、あのときはありがとうございました」

「知り合い？」

別の技術者が彼を一瞥する。彼はそれには答えずに、アイルに微笑みかける。

「お邪魔するね」

アイルは心臓が飛び出るのではないかと思うほどの衝撃を受けた。自分でもなんでこんなに興奮しているのかわからない。

「ここ、使わせてもらうね」

そう云って抱えてきた書類を机に置いた。

「ど、どうぞ」

アイルは心臓がドキドキするのを気づかれないように、探し当てた踏み台を運ぶ。視線を合わせないように下を向いていたが、つい聞き耳をたててしまう。

「リシャール、これが元の調査書だ」

「かなり古いやつだな」

「地図も穴が空いてる。保存状態がひどい」

あの人、リシャールって云うんだ…。

「それはオリジナルで…。複製があるはずなんだ。この奥に…」

「そこはこの前探したと云ってなかったか？」

リシャールともう一人の技師が、アイルのすぐ傍の棚まで移動してきた。

「探したのは左の棚で…」

アイルはドキドキしながら、それを悟られないように俯いたまま踏み台を書棚の前に置いた。

「それ、脚がぐらついてるぞ」

「えっ…」

リシャールではない、野太い声の技師がアイルの踏み台を指さす。

「あ、…大丈夫です」

気になっていたものの、これまでも気を付けて使えば何とかなっていた。

しかし緊張していたせいか、片脚を乗せろといつも以上にがたついて、アイルは慌てて棚を掴んだ。

「ほら、云わんこっちゃない」

リシャールは呆れ顔の男を一瞥すると、アイルに優しく微笑みかける。

「取ってあげるよ。どの本？」

「え……」

アイルは一瞬躊躇したが、それでもまたみっともないところを見せるわけにもいかず、背表紙のタイトルを読んだ。

彼はひょいと腕を伸ばすと、アイルの目当ての本を取ってくれた。

隣に並ばれて、不意に見上げた容貌はどきりとするくらいに整っていて魅力的だった。作業着姿なのに、雰囲気そのものが洗練されていてどこか優雅でもある。

「どうぞ」

「あ、ありがとうございます」

つい見惚れてしまっていたアイルは、はっとしてそれを受け取ると何度も頭を下げた。

いつまでも見ていたい気持ちを振り払う。それでも気になって仕方ない。こんな気持ちは初めてだった。

「どういたしまして。それより、それ直した方がいいね」

そう云うと、野太い声の男を見た。

「カール、直せないか？」

「ああいいよ、そこに置いておきな」

「え……」

「カールはこういうの得意なんだ」

カールと呼ばれた男はリシャールと同じくらい長身で、リシャールより十キロ以上は体重がありそうな大男だった。

「今ならちょうど道具もある」

にこっと笑うと、いかつい顔がたちどころに愛想がよくなる。

アイルは一旦机の上に本を置くと、カールに云われた場所まで踏み台を運んだ。

「…よろしくお願いします」

ぺこりと頭を下げる。

「きみは侯爵夫人の親戚か何か…？」

三人目の技師に聞かれて、アイルは慌てて首を振る。

「い、いえ…。…ご厚意でこちらでお世話になっていて」

側室候補のことは口止めされていたので、アイルは曖昧に返した。

「ああ、そうなんだ」

彼らは特にそのことには興味なかったらしく、その質問はそれで終わった。

アイルが名残惜しそうに出ようと出入り口に向かおうとするのを、道具箱を取り出したカールが呼び止めた。

「きみさ、このあたりで食事ができるところを知らないか？」

アイルは殆どこの屋敷から出たことはなかったが、厨房の誰かに聞けばわかるかもしれないと思った。

「あの、聞いてきます」

急いで本を掴むと、図書室を駆け出した。

役に立てることが嬉しくて、ドキドキしながら庭を走り抜ける。

「アイル様、ちょうどよかった。今日の午後の授業は先生の都合でお休みになりました」

館に入るなり執事に声をかけられて、アイルは慌てて立ち止まった。

「…わかりました」

頷いて、執事をちらりと見た。自分から彼に話しかけることは滅多にないので、どうしても緊張してしまう。

「あの…。今、図書室で技師の方たちが…」

そこまで云って、実際に技師なのかどうか聞いたわけではないことに思い当たって、口ごもってしまった。

「技師？」

「あの、たぶん……」

「運河建設の関係者なら立ち入りを許可しています。その方たちが何か？」

執事が彼らを知っていることがわかって、少し安心する。

「あの、このあたりで、食事ができるところを探しておられるようです」

執事は少し考えていたが、小さく頷いた。

「私が伺ってきましょう」

アイルはほっとして部屋に戻ったが、持っている本が自分が探していたものではないことに気づいた。机の上の別の本と間違えて持ってきてしまったようだ。

慌てて階段を降りて、再び図書室を目指して駆け出す。

「アイル様…、どうされました？」

「本を…。間違えて持ってきてしまって…」

執事は軽く頷いただけで、さっさと図書室の中に入った。アイルも慌てて後に続いた。

「失礼いたします。運河建設の工事の方ですか？　私はこの館の執事でございます」

地図を見ていた三人の視線が執事に向いた。

「お邪魔しています。私、リシャールと申します」

リシャールが温和な表情で小さく会釈した。他の二人も続いた。

「アイル様から食事ができるところを探しておられるとお聞きしました。もしよろしければこちらでご用意させていただきますが」

三人の顔がぱっと晴れた。

「それはありがたい。代金はお支払いするので……」

「それには及びません。運河建設には私どもも大きな期待をしております。侯爵夫人からも何か要望があれば便宜を図るようにと云われておりますので」

ここから数キロ先で運河建設が進められていて、それが整備されるとこの屋敷もこれまでのように地下水に頼ることがなくなるのだ。

「そうですか。ではお言葉に甘えて…」

「わかりました。すぐにご用意いたします」

執事は一礼すると、アイルを置いて出ていった。

「ありがとう。おかげで外に食べに出る時間が短縮できる」

リシャールはアイルにお礼を云うと、にっこりと微笑んだ。その顔が眩しくて、アイルはつい視線を外してしまう。

「あ……！　さっき、本を間違えてしまって…」

持っていた本を慌てて机に置いた。

「なんだ、きみだったのか。てっきりカールが忘れてきたんだと…」

笑いながら返す。

「やばいやばい。俺のせいにされるところだった」

「すみません。僕が、慌ててたせいで…」

「いやいや、気にしないで」

「いや、俺は気にするよ」

そんなカールを、リシャールは冷たく一瞥する。そんな表情がまた魅力的でアイルは見惚れてしまいそうだった。

カールはそういう扱いには慣れているらしく、肩を竦めると、踏み台の修理を仕上げた。

「アイル、だっけ？　これで安定するはずだ」

「あ！　ありがとうございます。助かります」

深々と頭を下げて踏み台を受け取ると、倉庫に戻しに行く。そのときにもアイルの背後で彼らの会話が聞こえてくる。

「ジェイク、例の地図は見つかったか？」

リシャールがもう一人の技師に声をかけろ。

「うーん、いちおう見つかったんだけど、かなり古いもので、どこまで正確なのかが…」

三人が顔を突き合わせる。

「それじゃなくて、三十年ほど前に地盤を調査したものがあるはずなんだが…」

「目録にはあるから…。手分けして探すか」

アイルが踏み台を片付けて戻ってくると、二人は奥の書棚に移動していた。

「当主の日記と一緒に見つかったらしいから！」

リシャールの言葉に、アイルはふと興味をそそられて、机の上の地図を覗き見た。

「あれ……」

似たようなものを見た気がしたのだ。

アイルはこの図書室を訪れるたびに、興味が赴くままにいろんな書物を手にしていた。中でも地図には強く惹かれて、いつか地図を片手に知らない街を訪れてみたいと思うこともあったので、わりと細かいところまで覚えていた。

しかしアイルが見た地図は、図書室ではなく屋敷の書庫に置いてあった。それに日記ではなく数学か何かのノートと一緒に置かれていた。計算式の走り書きがあちこちに残っていた。まるで落書きみたいにも見えた。

もしかしてと思わないでもなかったが、見当違いの話をして彼らに迷惑をかけてはいけないという気持ちの方が先に立った。

アイルは自分が借りる本を手に取ると、彼らにもう一度お礼を云ってそこを出た。

後ろ髪を引かれる思いだったが、それでも暫くは胸がドキドキしていて幸せな気分だった。


その日は月に一度の検診日だった。

それはオメガの記録のための検診で、最初の数回は屋敷まで往診してくれていたが、患者が増えて負担が大きいとかで、通院することになった。

アイルが屋敷の外に出るのは、教会の礼拝と検診のときがせいぜいで、よい息抜きになっていた。

馬車の窓から見る景色はこれまで育った村とはまったく違っていて、特に王宮のあたりは何回通ってもその豪華さには驚くばかりだ。今のお屋敷も慣れるまでは自分が居てもいい場所だとは到底思えなかったが、王宮はその比ではない。

皇太子と会ったのは二度だけだが、ここで暮らす人だと思えば、やはり自分には縁遠い人だと思えてしまう。

最初に彼に会ったときは、想像していたような近寄り難さはなく、気品があって洗練された外見にいっぺんに舞い上がってしまった。男爵に嫁ぐはずだった自分が彼の側室になれるなんて、その幸運に神に感謝した。

皇太子に恥をかかせないようにと、必死に勉強もした。もちろん皇太子妃となる人がいることも承知していたが、その女性にも恥をかかせないようにと考えていた。

しかし、皇太子には最初から側室を持つつもりがないとは知らなかった。

あの噂どおりなら、そのうちに自分はあの村に戻されるのだろう。そして、やはりあの男爵の元に嫁ぐことになるのだろうか。

馬車は王宮の広大な敷地を通り過ぎて、商店がいくつも並ぶ繁華街に近づく。

使用人たちから聞いた話では、昨今の好景気のためどこも人手不足で、読み書きができれば引く手数多《あまた》らしい。それなら、側室の話がダメになったときには自分にも…。

そこまで考えて、小さく首を振った。オメガを雇ってくれるところなどあるはずがない。

それがアイルの現実だ。

病院はその評判を聞きつけた患者が遠くからも訪れていて、順番を待つ人で溢れていた。

それでも侯爵邸の客人扱いであるアイルは別枠で、到着するとすぐに別室に呼ばれて、待つことなく検診を受けることができた。

検診といっても定期的に記録を取って王宮に提出するもので、ドクターも特にオメガに詳しいというわけではないようだ。何か悩みがあれば相談できたが、リシャールのことを話せるはずもなく、短い時間で診察を終えた。

「アイル様、少し遠回りしてもかまわねえですか？」

馬車に乗ろうとすると、馭者《ぎょしゃ》から声をかけられた。

「婆さまの調子がよくないのでちょっと見にいきたくて…。昨日行くつもりが、ベンが具合悪くて代わりに仕事に入ったので行けなくなったんでさあ」

彼からそういう申し出があったのは初めてだったので、アイルは快く受け入れた。

「かまわないですよ。今日は授業はお休みにしてもらっているので…」

「ありがてえ。ではそうさせてもらいやす」

馭者は頭を下げると、馬に乗り込んだ。

知らない道を通るのは少し楽しみで、アイルは少し気持ちが浮き立っていた。

中心部を離れて暫く行くと、遠くに大勢の人が集まっているのが見える。近づいてくると、どうやら工事を始めようとしていることがわかった。

工事現場の前で馬車が止まった。工事の責任者らしき人に止められたのだ。

駅者は馬を降りて、何やら話をしている。

「おや、きみは…」

馬車に近づいてきた男がアイルに気づいた。

「あ…、あのときの…」

踏み台を直してくれたカールだった。

驚いて馬車を降りると、目の前に広がる光景にはっとする。

「すまんな。すぐにどけるから…」

そこに駅者が戻ってきた。

「アイル様、今動かしますので。ここからはもうすぐのところですんで」

アイルははっとして、駅者を見る。

「あの…！　帰りもここを通りますよね」

「ええ、そりゃ一本道なんで」

「それじゃあ、ここで待っていてもいいですか？　ちょっと気になることがあって…」

駅者は不思議そうな顔をしたが、祖母の様子を見ているあいだに馬車で待っていてもらうよりも、天気もいいのでこのあたりを散歩してもらった方がいいと思ったようだ。

「わかりやした。それじゃあ、ひとっ走り行ってきます」

「ごゆっくりどうぞ」

馭者を送り出して、アイルはゆっくりとその景色を確認する。そしてカールを振り返った。

「あの、このあたりはランドと呼ばれている村ですか？」

「ん？　ランド？」

すると、カールが指示を出していた人足の一人が驚いたようにアイルを見た。

「あんた、よく知ってなさるな」

「ここはジュール村だろ？」

カールが云うと、人足は首を振った。

「ジュールに併合される前はランドだったんでさ。な？」

仲間に同意を求める。

「そうそう。洪水と山崩れでランドは村の三分の一がなくなっちまってな」

やっぱり…。アイルはもう一度あたりを見回した。

「あの、僕、皆さんが探していた地図を見てるかもしれません」

「へ？」

唐突な発言に、カールは口をポカンとした。

そのカールの顔を見て、アイルは慌てて首を振った。考えてみれば、ちゃんとした地図は既に見つけられていたかもしれないのだ。

「探してた？」

「あ、すみません。おかしなこと云ったかも……。なんか、そんな気がしただけで……」

もごもごと口ごもるアイルに、カールはようやく地図の意味に思い当たった。

「ちょっと、待ってくれ」

そう云うと、アイルから離れて駆け出した。

「リシャール！　ちょっと来てくれ。おーい、誰かリシャールを呼んでくれ！」

アイルはドキッとした。リシャールも来ていたとは。

「カールさん、あ、あの……」

間違っていたら恥ずかしい。カールを止めようとしたが、その前にリシャールが気づいた。

「どうした？」

リシャールの視線が下がってアイルを捉えた。

「きみは……この前の……」

「そう。この子が、例の地図を知ってるって」

「ほんとに？」

アイルはごくりと唾を呑み込んだ。

「…そ、そんな気が……」

二人の視線に、アイルは思わず目を伏せてしまう。

「そんな気？」

カールのいかつい顔が曇る。途端にアイルの勇気が挫けそうになった。

「ランド村って書いてあったので、それで…」

「それだけ？」

呆れた顔のカールに、アイルの気持ちは更に消沈する。

しかしリシャールはアイルの言葉に興味を持ったようだ。

「…ランド村と？」

「ランド村ってのは、このあたりの昔の名称で……」

カールが聞いたばかりの話をしようとするのを、リシャールが途中で止めた。

「それは知ってる」

「え、知ってたのか？」

「当たり前だろ。どれだけの資料を集めたと思ってる」

冷たい目で返すと、アイルを見下ろした。

「きみが見た地図にはランド村と書かれていた？」

「そ、そうです」

「その地図に、この川はどう描かれていたか覚えてる？」

少し離れた川を指さす。アイルはその指の先で湾曲する川の形態を捉えると、地図を思い浮かべてはっとした。

「…東側の中洲がなかったような。山からの距離ももう少しあって…」

リシャールは黙って頷いた。

「地図の他に見たものはある？」

「あの…。計算ノートのようなものが…。数字や計算式があちこちに書かれていて、その意味はよくわからなかったのですが」

リシャールの目が光った。

「それだよ」

人差し指をぐっと突き出した。カールもそれに頷いた。

「でも日記ではなかったと思うのですが…」

用心深くアイルが付け足す。もし違っていたら迷惑がかかってしまうと思ったのだ。

「そう。誰も日記とは思わない。よくて計算ノート、へたすれば落書き帳にしか見えない。どうも暗号に凝っていたらしくて、日常のわりとどうでもいいことを暗号で書いてもいる。かなりの変人だったみたいだね」

「…そうなんですか」

あれが日記だったとは。

「あんなに探したのにな。どこにあった？」

カールがアイルに聞く。

「図書室ではなく、お屋敷の書庫に…」

「書庫があるのか？」

「はい。図書室に入りきらないものが保管されているらしいです」

「それじゃあ見つからないはずだ」

リシャールは苦笑すると、アイルを見た。

「案内してほしい」

「はい。でもあの、馬車を待たないと…」

「待っていられないな」

リシャールはそう云うと、馬を連れてくるように部下らしい一人に頼んだ。

「カール、馭者が戻ってきたら先に戻ったと伝えてくれ」

「ああ。工事は一旦ストップか？」

「そうなるな。予定を組み直す必要がありそうだ」

「せっかくこれだけの人を集めたのに」

「仕事はいくらでもある。とにかく、その地図を確認してからだ」

そう云うと、ひらりと馬に飛び乗った。

「後ろに…」

「え……」

躊躇しているアイルに、カールが手を貸してくれる。行きがかり上断ることもできず、アイルも馬に跨った。

「とりあえず見てくる。あとは頼んだぞ」

カールに告げると、馬に合図をする。アイルはバランスを崩しそうになって、慌ててリシャールにしがみついた。

「大丈夫？」

リシャールは振り返ってアイルを見る。

「は、はい…」

「掴まってて」

そう云うと、リシャールが馬を駆けさせた。

乗馬がなかなか上達しないアイルにとっては経験のないスピードで、リシャールにしがみついたままになってしまう。

「助かるよ。あの地図があれば手間が省ける」

そう云われて、不意にそれが自分の勘違いだったら、結果的に工事を遅らせてしまうことになったのではないかと気づいた。

「あ、あの、でももしかしたら探しておられたのとは違っているかも…」

アイルはどんどん焦ってきた。

「もしそうでも、きみが見た地図はあの土地のもののようだし、計算式のような雑記があるってことだけでも興味を引かれる。役に立ちそうだ」

「…だといいのですが……」

アイルは少しだけほっとした。

スピードに慣れるまでは不安だったが、今はなんだかひどく安心できる。すらりとして見えたリシャールの背中は意外に逞しくて、それを意識してアイルはドキドキしてきた。

不意に彼の体臭を意識してしまって、もっと嗅ぎたいという気持ちが抑えられない。

ばか、こんなときに…。そう思ったが、抗いきれずにひくひくと鼻を蠢《うごめ》かしてしまう。

あ、……いい匂い……。

めいっぱいその匂いを嗅いだ途端、じわりと身体が熱くなった。

思わず目を閉じる。

不意に、自慰のときに自分以外の誰かの手に触れられているのを思い出してしまう。

だめ……。何かが溢れてくる……。

もしかしたら、フェロモンが漏れているのでは……。

これ以上はやばいから離れろと脳が警告を発していたが、それとは裏腹に、もっと嗅いでいたいという欲望に襲われていた。

このスピードで風を切っているのだから、リシャールに気づかれることはないだろうことは幸いだった。

なんだか頭がクラクラしてくる。奥が潤んで、濡れてきていた。

顔を逸らして、熱い息を吐いた。

発情期のあのもどかしく苦しい感じにも似ていたが、それでもしがみついているのは間違いなくリシャールで、それがとても幸せに思えた。

このままずっと一緒にいたい。そんなことを考えていたが、気づくと市街地に入っていて人の行き来が増えてきていた。

アイルは唐突に夢から覚めて、そして何とも云えない気まずさに苛まれた。

そんなことを知らないリシャールが速度を落とすと、アイルもしがみついていた背中から何とか離れることができた。

「もうすぐだよ」

「はい」

変に思われないように、アイルは地図のことを考えることにした。そう、今はそれが一番大事なことだ。

二人を乗せた馬が屋敷の通用口になっている裏門まで来ると、アイルが先に馬を降りた。

「今、開けます」

木槌を叩いて使用人を呼ぶ。

「アイル様？　検診に出かけられたんじゃ…」

「そうなんですが、工事の方が調べものがしたいと…」

もごもごと説明すると、リシャールを書庫に案内した。

近道をしようと中庭を横切ったときに、掃除中のフリッツがアイルに気づいた。

「アイル様！　おかえりなさいませ」

微笑みかけて、リシャールに視線を止める。

「…そちらは？」

「あの、運河の工事をされている……」

アイルが慌てて返すと、フリッツはすぐに思い当たったように笑顔を向けた。

「ああ！　お聞きしています。ご苦労さまです！　図書室なら…」

「図書室じゃなくて、書庫に探しておられる資料があるみたいなので…」

アイルの説明に、フリッツは頷いた。

「そうでしたか。では執事に…」

云いかけたフリッツを、リシャールが遮る。

「いや、お構いなく。彼に案内してもらうので…」

「そうですか？　では居間の方にお茶の支度をしておきます」

フリッツは足取り軽く厨房に向かった。

「あの、こちらです」

奥の部屋に誘導する。

「ちょっと埃っぽいんですが…」

断ってから中に入る。リシャールも彼の後に続いた。

彼らが足を踏み入れると、派手に埃が舞う。

「うわ、確かに」

「すみません。紙が劣化してるものもあるので、お掃除は最小限にしてもらっているんです。時間があったらちゃんと整理したいんですが…」

「いや、こういうのは慣れているので気にしないで」

アイルが目当てのものを探しているあいだ、リシャールは目に付いた本をパラパラと捲《めく》っている。

「確か、このあたり…」

アイルは背表紙を確認して数冊の書物を書棚から引き抜いた。

「これが雑記帳です。このうちのどれかだったと…」

デスクの空いた場所に置いた。

「地図も探してきます」

部屋の奥に入っていくアイルを尻目に、リシャールはその雑記帳を手にして中を確認する。

そこに紙筒の束を抱えたアイルが戻ってきた。

「このうちのどれかだと…」

アイルは慎重に筒から大判の用紙を取り出して広げてみる。

「あ、違った…」

呟いて元に戻す。

「それは、なに？」

「…何かのスケッチのようです」

「見せてもらえる？」

アイルは筒をリシャールに渡して、自分は次の中身を調べた。

なかなか見つからず、アイルは少し焦ってきた。ここで見たと思ったのだが、そうじゃなければどこに置いたのか…。焦りながら最後のひとつを取り出した。

「あ、ありました！」

少し興奮ぎみに声を上げてしまう。

「ありがとう」

リシャールは微笑んで、地図を受け取る。

「へえ。よくこれでわかったねえ」

デスクに広げながら感心したように云う。そして雑記帳と照らし合わせる。

「なるほど。ってことは、他にもスケッチがありそうだ。それも探さないと」

「他にも？」

リシャールは頷くと、雑記帳に記された番号とさっき見つけたスケッチを照らし合わせた。

「この番号と、こっちの番号が合致してる。この地図とも…」

「あ……」

「つまり、このスケッチはこの地層の全体図と見て間違いない。その断層ごとの詳細図がどこかにあるはずだ」

アイルは改めて筒を凝視する。掠《かす》れてはいたが番号らしきものは確認できる。

「我々は地質調査をしていて…。旧ランド村のあたりは十年ほど前に大規模な山崩れがあったところで、地質を調べるためにはそれを掘り返す必要があるんだけど、それが思っていた以上に大変な作業でね。新しい地盤は崩れやすくて、工事も危険なものとなる」

説明を続けながら、筒の埃を払う。

「山崩れの起こる前は、折り重なる古い地層が露わになっていて、容易に地質を知ることができていて、そうした記録も残っている。ただ詳細な記録が見当たらなくて…」

最後の筒の中身を開いて確認する。

「…これじゃないな。別にまとめてあるのかな。これは元々はどこで見つけたか覚えてる？」

雑記帳を指してアイルに問う。

「それは確か…」

アイルは記憶を辿って、書庫の奥にリシャールを案内した。

「地図の入った筒もこのあたりに置かれていました」

「それは期待が持てるね」

リシャールはそう云って、アイルの後ろから書棚に手を伸ばした。

棚が並ぶ狭い空間で、思った以上に近い距離にリシャールがいて、それに気づいたアイルは途端に緊張する。

心臓の鼓動が速くなって、身体がかっと熱くなる。

その瞬間、アイルからふわっとフェロモンが放たれた。

「え……」

反射的にリシャールが振り返る。

これ以上ないほど近い距離でリシャールを感じて、アイルの濃いフェロモンが流れる。

「きみ……」

リシャールは思わず眉を寄せてアイルを見る。予期しないことに、リシャールの理性が及ばないのだ。

アイルはわけがわからず、それでも何か云おうと唇を開きかけたところ、リシャールの唇でそれを塞がれた。

抵抗することなどできなかった。

リシャールの唇は貪るようにアイルの唇を味わい、そして舌をこじ入れてくる。アイルは彼を押し退けることもせずに、それに呑み込まれていた。

甘美な愛撫に、アイルのフェロモンは更に誘うようにリシャールにまとわりつく。

リシャールの舌は、戸惑うアイルの舌にからみついて、互いの情欲を煽っていく。

「あ……」

思わず漏れたアイルの吐息は甘く、どこか甘えているようだ。

それが更にリシャールに火を点ける。

アイルの細い腰をリシャールの大きな掌が撫で回す。そうしながらも、キスは続けられる。

立っていられなくなったアイルが、がくりと膝をついた。

我に返ったのはリシャールが先だった。

アイルから身体を放して、濡れた唇を手の中で拭った。

「そ、うか……」

ぼそりと呟いて、アイルに手を差し出した。

「…大丈夫か？」

アイルは膝をついたまま首を振る。

「ひ、一人で…。た、立てます」

リシャールは苦笑すると、手を引っ込めてアイルを見下ろす。

「話には聞いていたが、強烈だな」

見下されてるのかと思ったが、リシャールの目はどこか熱っぽく、アイルは再び身体の奥が火が点いたように熱くなってくる。

「自分は抵抗できると自惚れていたが、とんでもないな」

やや掠れた声で云うと、いきなりアイルを抱き起こした。

「わっ…」

「きみの部屋は？」

耳元に囁かれて、アイルは心臓が飛び出しそうだった。

「さすがにここでは…」

云いながらも、戸惑うアイルに再び口づける。

頭の芯まで痺れるようなキスに、アイルはまったく抵抗ができない。

そのとき、いきなり扉が開いた。

「アイル様、お茶の支度が整いました！　一息入れられては如何ですか？」

元気のいいフリッツの声だった。アイルは慌ててリシャールから離れる。

「あれ？　アイル様？　奥ですか」

「い、今行きます！」

上ずった声で返す。

そのとき、アイルの目が熱っぽく潤んでいるのにリシャールが気づいた。ぞくりとするほど色っぽくて、彼の情欲が溢れている。これでは使用人にはバレバレだ。そう思ったリシャール

は少し強引に彼の腕を掴んだ。

「なにを……」

驚くアイルをよそに、咄嗟に書棚から数冊の本を取り出すと勢いよく彼に埃を吹きかけた。

「な……！」

埃を吸い込んで、アイルはくしゃみを連発する。

「アイル様？　どうされました？」

慌てたフリッツが、二人のいる棚に近づこうとする。

「ああ、気を付けて。このあたりは埃だらけで……」

リシャールがそれとなくフリッツを牽制する。

「うっかり埃まみれにしてしまった。すぐに風呂の用意を」

アイルはくしゃみが止まらず、涙目になっている。

「それは大変！　ただいま、用意いたします」

フリッツは急いで書庫を出ていった。

リシャールは申し訳なさそうな顔でアイルにハンカチーフを差し出した。

「…ごめんね。使用人に知られるとまずいかもと思って…」

くしゃみの止まらないアイルにそっと耳打ちする。

ようやく意図を察したアイルは、恥ずかしかったが、それでもこくこくと頷いた。そして差し出されたハンカチーフで鼻を覆った。思いきり埃を吸い込んでしまったせいで、まだ鼻のムズムズが収まらず、くしゃみが止まらない。既に目も鼻も真っ赤になっている。

しかしそのおかげで、さっきまでの抑えきれない衝動は去っていた。

「大丈夫？　やりすぎたかな」

心配そうに覗き込むリシャールに、アイルは小さく首を振る。

「とりあえず出ようか」

アイルを廊下まで連れ出す。

「ちょっと軽率だったかな。今日のところは引き上げるよ。仕事の途中だしね」

騒動を聞きつけて、執事まで様子を見に来た。

リシャールが執事に説明しているのを横目に、アイルは自分の部屋に引き上げた。そして浴槽に浸かって埃を洗い流す。

「やはりあそこはもう少しお掃除しないといけませんね」

フリッツの言葉に、アイルは曖昧に頷いた。

もうすっかり落ち着いたが、さっきのことを思い返すとまだ少しドキドキしてしまう。

着替えも済ませて、フリッツが淹れてくれたお茶を飲んでいると、執事が姿を見せた。

「アイル様、よろしいでしょうか」

アイルは、もしかしてリシャールと二人きりでいたことを咎められるのではと思って、身を固くした。今更だが、自分は皇太子の側室候補なのだ。書庫でのことを知られたら叱責されて当然だ。

「暫く、書庫にはお入りにならないようお願いいたします」

淡々とした口調だったが、アイルは罪悪感もあって執事の顔を見ることができなかった。

「…はい」

「さっきいらした技師の方が書庫の調査を申し出られていて、調査が終わるまでそのままにしておいてほしいとのことです」

え…。気づかれたのではない？

「調査には侯爵夫人の承諾が必要となるので、少し時間がかかるようです。それまでは中のものを移動させないでくれと」

「…わかりました」

ほっとして小さい声で返す。気づかれてなかっただけでなく、二人きりでいたことも特に問題にはされていなかったようだ。

「あの、それでは早めに書庫の掃除をしておいた方が？　埃がすごいですから…」

フリッツが口を挟む。

「いや、それには及ばないそうだ。とりあえずはそのままで」

「そうですか。わかりました」

二人が部屋を出ていって、アイルは緊張を解いた。

自分の立場を考えると、ひどく後ろめたかった。しかしそれと同時に、またリシャールに会えるかもしれないことでどこか気持ちが浮き立ってもいた。

「なに考えて…」

そんな自分に戸惑ってしまう。

たとえ、皇太子が側室を受け入れるつもりがないのだとしても、今の自分は皇太子以外の誰かとあんな関係になっていいはずがない。

アイルの胸がちくりと痛んだ。

まだ唇はあの熱を覚えている。彼の匂いも覚えている。そう…匂い。

それでも早く忘れてしまわなければ。アイルはきゅっと唇を噛んだ。

侯爵夫人からはすぐに承諾の手紙が届いた。それを待ちかねたようにリシャールが部下を連れて屋敷を訪れた。

アイルは朝からそわそわしていたものの、それでも会いに行かない方がいいと思って、いつものように授業を受けていた。

そんな彼の元に、執事に案内されたリシャールが訪ねてきた。

アイルは彼の顔を見るなりあのときのことを思い出してしまって、慌てて教科書に視線を落とす。

「ランセット夫人、少しよろしいですか」

厳粛な面持ちの執事が控えめに声をかける。

「なんですか、まだ授業は終わって…」

家庭教師は、戸口に立つリシャールを見て言いかけた言葉を止めた。

「運河工事の現場責任者であるクロイツ氏です」

執事から紹介されて、リシャールは優雅に一礼して家庭教師に微笑んでみせた。紳士的で洗練された優雅な仕草に、家庭教師の視線は釘付けになった。

「お勉強中申し訳ありません。実は資料の調査に訪れているのですが、是非ともアイルに協力していただきたくて…」

アイルは慌てて家庭教師を見た。きっと反対されると思ったのだが、外国語を担当するランセット夫人の様子がおかしい。さっきまでの厳しい態度とは違って、リシャールの端整な容姿から目が離せないでいるようだった。

「私どもは運河建設のための資料を探しております。そのひとつをアイルが見つけてくれたのですが、まだ他にも埋もれているようです。彼は書庫の中を把握しているようなので、助けてもらえないかと」

リシャールはちらりとアイルを見る。

「あの、でも…、授業が…」

「かまいませんよ！」

教師は被せるように云って、にっこりと微笑んだ。

「そういうことでしたら許可します。プロのお仕事を手伝う機会など早々あることではありません。貴方にとってもよいお勉強となるでしょう。私も是非お手伝いいたしましょう」

いそいそと教科書をしまい始める。

「外国語の資料がございましたら、及ばずながらも手助けができるかと」

「それはありがたい」

リシャールは、家庭教師に微笑んでみせる。

「では、まいりましょうか」

アイルは呆気にとられた。手伝いができるのは嬉しかったが、家庭教師の態度に面食らってしまったのだ。

「先生は面食いなんですね。まあ無理ないでしょうけど」

リシャールと家庭教師が楽しそうに話をしている様子を少し離れたところから見ていたアイルに、フリッツは彼にだけ聞こえる声で耳打ちする。

「モリーたちも大騒ぎしてました。カッコいいですもんね」

モリーはメイドの一人だ。世間知らずなアイルでも、リシャールのような男性が女性たちに人気があることくらいは理解できた。ただそれを実際に感じると、疎外感のようなものを覚えてしまう。

書庫では既にリシャールの部下たちが作業を開始していた。窓は開け放たれて、陽の光を受けて埃がキラキラと光っている。

部下たちは目だけを残して顔の大半を布で覆っていて、リシャールもそれに倣《なら》う。そして家庭教師を振り返った。

「ここは埃が凄いので服が汚れてしまいます。外で待たれては？」

「…そうさせてもらおうかしら」

床には無数の綿埃が舞っていて、そこは彼女がイメージする書庫とは違っていた。リシャールと二人で優雅に本を調べるを作業とはまるで違うことに気づいたようで、彼女はそそくさと退散した。

家庭教師と入れ違いで、彼らと同じように顔を布で覆ったフリッツが掃除用具を持って現れた。

「僕もお手伝いするように云われました。アイル様もこれを…」

汚れてもいい上着と大判のスカーフを差し出す。

他の人たちのようにそれで顔を覆った。

「前々から気になっていたので、今日中に綺麗にしてしまいたいです」

フリッツは雑巾《ぞうきん》を手に、やる気満々である。

書庫の整理をする者と目当ての資料を探す者とに分かれて作業が始まり、アイルもリシャールを手伝って、雑記帳が示したスケッチを探した。

アイルが雑記帳や地図を見つけた場所を示して、まずは重点的にそのあたりを探してみる。

いくつか関係のありそうなものは出てきたが、雑記帳と関連付けられるものはなかなか見つからなかった。

「整理ができていないとは聞いていたが、ここまでひどいとは……」

リシャールは思わず溜め息をついた。

「元から整理されていなかったので、ここを書庫を使った当主がそういう性格だったのではないでしょうか」

部下の意見に、リシャールは苦笑を返す。

「まあ大半が学術的には価値のないもののようだから、整理の必要もないと思われたのだろう。価値のあるものは既に図書室で保管されているようだし」

アイルもその意見にそっと頷いた。そもそも自分が見つけた地図ですら、最初に見たときは空想小説の想像図か何かだと思っていたのだ。

アイルはリシャールの指示で、殆ど入ったことのない奥の棚を調べてみることになった。

埃が凄《すご》くて、フリッツに拭き掃除してもらいながら、一冊ずつ確認する。

棚の奥に木箱が置かれていて、そこに表紙が剥がれかけているノートが入っていた。どうやら手書きのノートで、アイルはその筆跡に見覚えがあった。

「これ……」

はやる気持ちを抑えて、中を開く。

「リシャールさんを呼んできて」

フリッツに云うと、一緒に置かれているノートも確認した。

すぐにリシャールがやってきて、アイルが見つけたノートを覗き込む。

「スケッチもあるな。ビンゴだな」

すぐ傍でリシャールの声がして、アイルはどうにも落ち着かない。

「よく見つけたね」

「筆跡が…。少し癖のある字だったので」

云いながら、少しリシャールから離れるように棚の奥に手を伸ばす。

「重い…。それに本じゃないみたいです」

引っ張り出そうとすると、リシャールが手を貸してくれた。

「岩石の標本じゃないか…」

興奮したリシャールの吐息が、アイルの耳元にかかって、先日のように身体の奥が熱くなってきてしまう。

「み、みなさんを呼んできます」

過剰に意識してしまう自分が恥ずかしくて、慌ててリシャールの後ろを擦り抜けた。

そんなアイルを見て、リシャールは布の奥で小さく微笑んでいたが、もちろんアイルはそんなことには気づいていない。

アイルが見つけた木箱は同じ棚に複数あって、リシャールはそれらを持ち帰って詳しく解析することになった。

書庫の整理はまだ続けられていたが、リシャールは一足先に帰っていった。

帰り際、リシャールはアイルにそっと耳打ちした。

「資料から何がわかるか興味ない？」

「え……」

「よかったら教えてあげるよ。聞きにおいでよ」

リシャールはアイルの返事も聞かずににこっと笑うと、彼の髪をくしゃっと掻き上げた。

アイルは頬が紅潮してくるのをどうすることもできずに、ただ俯いていた。


「リシャールさん、またお見えになるんですか？」

書庫の整理から数日後、フリッツから急に聞かれてアイルはどぎまぎした。

「……え？　何も聞いてないけど」

「そうなんですね。モリーやマリアンナから聞かれたんですよ。お茶も飲まずに帰ってしまわれたので、二人ともすごくがっかりしていて…」

厨房のメイドたちが、リシャールの再訪を心待ちにしているようだ。そういえば、家庭教師のランセット夫人からも似たようなことを聞かれたのだ。

あの日、彼女はずっと居間で待っていたが、次の予定があるため帰らざるを得なかったのだが、リシャールはそのことを気にも留めてなかったようだ。

「…人気者だね」

「そりゃね。モテる要素しかないですから」

フリッツが知ったような顔で笑った。

「ただ、リシャールさんは貴族だと思うけどなあ」

「貴族…」

「次男か三男とかで、爵位は持たないのかもしれないけど…。そうでなきゃ国の事業でリーダー的な役割はできないはずだし。そうでなきゃ、実家が裕福な商家とか」

なるほど、そういうものなのか。

「まあ、貴族の子息で使用人に手をつける人はいくらでもいるし、遊ばれてもいいからってことかもしれないけど…」

そこまで云って、アイルが居心地の悪そうな様子なのに気づいて、慌てて口を閉じた。

「…すみません、下世話な話をして」

アイルは小さく首を振る。確かにそういう話は得意ではなかったが、下世話だからではなく他でもないリシャールがその対象だったからだ。

自分に声をかけたのも軽い意味なのだろうことを今更のように気づいて、そしてモテる彼にとっては深い意味などないことに傷ついてしまったのだ。

きっとあのとき、彼には自分がオメガだということはバレてしまっている。それで興味を持ったのだろう。所詮オメガなど貴族の子弟にとってはその程度の存在だ。

しかしそんなことで傷つく方がおかしい。何より自分は今でも皇太子の側室候補の身で、他のアルファと特別な仲になるなどあってはならないことだ。

リシャールに誘われてもそれに応じるべきではないのだ。…そう思っていたのに、アイルはその数日後にリシャールが滞在する館を訪れていた。


岩石の解析の結果が出たため、それを含めた工事の説明会を改めて開くことになって、アイルもそれに招待されたのだ。

住民への説明会は、周辺住民の協力を得るために有益だと判断して、リシャールが自ら計画したもののようだ。

アイルは行かない方がいいと思っていたが、工事のことを説明してもらえるということで、執事から積極的に話を聞きに行くよう勧められたのだ。

「どのような話だったのか、あとで教えてください」

執事の反応を見ても、運河に期待している人たちの気持ちは伝わってくる。

そういう仕事を見ておくことは自分にとって無駄ではない、何よりこれはあくまでも勉強の一環なのだと云い聞かせて、馬車に乗った。

館は工事の関係者が宿舎として使うために借り上げているもので、リシャールを含めた技術者の数人が使っているらしい。

こぢんまりした館の大して広くない居間には、既に村役場の役人や地区の代表者やらが集まっていて、廊下どころか中庭まで人が溢れていた。

アイルが彼らの後ろで佇んでいると、ちょうどそこにリシャールがカールたちと一緒にやってきた。

「アイル、よく来てくれたね」

「リシャールさん…」

「どうぞ。入って」

入り口を塞いでいる村人たちを掻き分けるようにして、アイルを中に促す。

前列の席が彼のために確保されていて、無事に座れることになった。

「盛況だな。こんなに集まるとは……」

「中、もっと詰めてくれ」

カールが人を整理する。

「では始めよう」

ざわついていた場がしんとなって、リシャールが話し始めた。

書庫で見つかった資料を解析した結果から、運河のルートが改められて、それによって新しく工事の方針が決まったことを、リシャールはわかりやすい言葉で説明していく。

一日説明が終わると質問が相次いで、それにリシャールやカールが答える。

リシャールは以前にも同様の集まりを開いていて、住民の話を聞いていた。そのときに山崩れ前の地盤の話が出ていて、書庫で見つけた資料がそれを裏付けることになったのだ。

現場の責任者は自分たちの話を積極的に聞いてくれると評判になっていて、それぞれの村で古くから伝わる話も集まってくる。その多くは物語の域を出ないものだったが、中には非常に重要なものも含まれている。

アイルは、こんなふうに庶民の話に国の仕事をする人が耳を傾けていることに感銘を受けていた。家庭教師から習う歴史は、庶民のことに触れていることは殆どない。国王や貴族たちが物事を決めて役人がそれを執行する。庶民はそれに従うだけだと漠然と思っていたが、庶民だって意見はあるし、それが政治に取り入れられることだってあるのだ。

そうすることで、よりよいものが出来上がっていく。アイルはそれを目の当たりにした。

確かに教科書で勉強することとはべつの学びを得た気がする。アイルはわくわくした気持ちで、すべての話に耳を傾けた。

村人たちはリシャールの説明には概《おおむ》ね納得したようで、それによって具体的な工期が示されて、解散となった。

アイルも帰ろうとするところを、リシャールから呼び止められた。

「お茶の支度がしてある。きみも一緒にどうぞ」

「え……」

「資料を見つけたのはきみだからね。お礼をさせてよ」

そう云って微笑むリシャールは魅力的で、アイルには断ることができなかった。

連れて行かれた食堂にはリシャールの部下たちがいて、お茶の支度をしていた。

「さっきもらったお菓子もあるよ」

「…ありがとうございます」

ほどなくして、カールやもう一人のリーダー格のジェイクも入って来た。

「きみが見つけた地図、改めて見たけどよくあの地域だとわかったな」

一番大きなお菓子を取ったカールが、アイルに話しかける。

「それは私も思った。聞けば、初めて行った場所だって？」

カールの言葉にジェイクが同意した。

「た、たまたまです…」

注目されたのが恥ずかしくて、アイルは慌ててそう返した。

「たまたまじゃなくて、彼は記憶力がいいんだよ。それも物の形状を正しく把握して記憶する能力に長けている」

「へえ。それはすごい」

アイルは驚いて、そして小さく首を振る。

「そ、そんなことは…」

誰からもそんな指摘をされたことはないし、自分でもまったく自覚していなかった。しかし否定するとリシャールに対しても失礼になるので、口ごもってしまう。

「…でも、お役に立ててよかったです」

小さく云い添えた。

「お役に立てたどころか、大手柄だよ。明日から早速調査を再開させて、一日も早く新しいルートを完成させせないとな」

リシャールはそう云って、部下に何事か指示を出した。

「それより、議会の承認なしに話を進めてよかったのか？」

ジェイクが心配そうに聞く。リシャールは資料から目を離すと、軽く肩を竦めてみせた。

「それを待っていたら何か月も無駄になる」

「だからって、急いで進めたら…」

「まあ何とかするよ」

「本当に大丈夫なのか？」

ジェイクは慎重派のようで、心配そうにリシャールを見る。

「どっちにしろ承認しないわけにはいかないんだから…」

「それでも承認されないうちには予算が下りないだろう？」

「それは考えてある」

「ジェイク、そんな心配すんな。これまでもそれでうまくいってただろ？」

カールがリシャールに同意するのを見て、ジェイクは眉を寄せる。

「…頭堅いと云われても、こういうことは手順が大事なんだよ。それを疎かにすると侮辱されったと受け取る人もいる。そのせいでぶち壊しになることだってある」

ジェイクの口調が更に真剣になって、場の雰囲気が変わる。部外者のアイルですら心配になってきた。

「それはそうだが…」

云いかけたカールを、リシャールが制す。

「きみの忠告はもっともだ。ただこの件はちゃんと根回しはしてある。なのでぶち壊しにはな
らない」

「信用できるのか?」

「とりあえずこの件に関しては。そうでなきゃ、私だって安易に動いたりはしない」

リシャールが真面目な顔で返す。ジェイクは仕方なさそうに頷いた。

「…わかった。きみがそう云うのなら信じるよ」

「ああ、そのあたりは信用してもらっていいよ。いろいろ手は打ってある」

不敵に笑ってみせるリシャールに、ジェイクは溜め息をついた。

「あんたの腹黒さを忘れてたよ」

「おいおい、人聞きの悪いことを云うなよ」

「議員の弱味を握って利用するんだろ?」

それを聞いて、アイルが驚いてリシャールを見る。

「きみ、そういう話は彼の前ではやめてくれないかなあ？　誤解される」

「彼？」

そう返して、ジェイクははっとしてアイルを見た。カールも同様にアイルを見ていた。

二人の視線を感じて、アイルはつい俯いてしまう。

「…おまえ、子どもを騙すのはよくないぞ」

そう云ったカールに、リシャールは一瞥をくれた。

「誰も騙してない。それより新しい計画表は明日までに頼むよ」

「え、明日って…」

「でないと、ジェイクが試算を出せない」

「うへえ、藪蛇《やぶへび》だな」

肩を竦めて、残っているお菓子をとった。

「では、私もそろそろアイルを送っていくことにするか」

リシャールが席を立つ。アイルはそれに促されるように立ち上がった。

「またいつでも遊びに来るといいよ」

ジェイクもそう云って微笑む。

アイルは彼らにお礼を云って丁寧にお辞儀をすると、リシャールの後を追った。

「ここへは馬車で？　馭者はもう帰ったようだけど…」

庭にはそれらしい姿が見えない。

「あ、はい…。思ったより近かったので、帰りは歩いて帰ろうと思って」

何時間も庭で待ってもらうのが申し訳なくて、アイルは馭者に帰ってもらったのだ。まだ明るいし、このくらいの距離は村にいるときは当たり前のように歩いていた。

それを聞いたリシャールの目が、何かを企むように細められた。が、アイルはその意図には気づかない。

「ちょっと私の部屋に寄ってもらえるか。きみに渡したいものがある」

リシャールは庭を横切ると、自分が滞在している離れにアイルを案内した。

ベッドと机があるだけだが、掃除が行き届いていて快適そうな部屋だった。

このあたりの館にはたいてい離れがあって、それは過去に疫病が流行った名残だった。家族から離れて養生することで感染が防げたことからの先人の知恵だ。人口が多く、疫病が流行るとあっという間に広がってしまう都やそこに近い地方にはそうした考えが根付いていたが、アイルの村にはそうした慣習がなかった。あまり裕福でなかったせいもある。そのために村中に感染が広まって、アイルも家族を失ったのだ。

「これをきみに…」

引き出しから取り出したクロスをアイルの手を取って握らせる。

「え……」

華奢で繊細なチェーンだったが、銀細工らしく僅かに重みがある。

「庭で落としてから着けてないだろう？」

アイルは慌ててリシャールを見上げた。実はまた落とすかもしれないと思って、大事にしまっておいたのだ。

「チェーンをこれと取り換えてもいいし…」

「あ、ありがとうございます」

自分のことをそんなふうに気にかけてくれている人がいることに、胸がじんとなって、アイルはもらったクロスをぎゅっと握りしめた。

「着けてあげよう」

リシャールは微笑んで、アイルの首にかけてやった。

そのとき、指先が首に触れて、そこから電流が流れてきたような刺激を感じた。びくりと大きく身体が震えた。

「…華奢な首だね」

すぐ傍でリシャールの声がして、耳に息がかかる。

途端、身体がカッと熱くなって、アイルは慌てて彼から逃れようとした。が、それはリシャールによって阻まれた。

「…可愛い匂いがしている」

囁くと、真っ赤に染まったアイルの耳を軽く噛む。

アイルは慌てて目を瞑った。逃れようと思っても、身体が云うことをきかないのだ。

「すごく…、いい匂い」

リシャールは耳を舌で愛撫しながら、アイルの匂いを嗅ぐ。

「リ、シャール…、さん……」

弱々しく抗ってみるが、それはむしろ誘いのようになってしまう。

そのとき、不意にリシャールの体臭を感じた。その途端、強い眩暈が襲ってくる。

書庫での出来事とは比較にならないくらいの熱が、自分の中に渦巻くのを感じた。

身体の奥深くに沈んでいた欲情の蓋が開いて、出口を求めて湧き出してくる。それを解放したくて、アイルは苦しげに熱を吐き出した。

「は…ぁっ……」

吐息は、自分の耳を疑うほど甘く艶めかしく、アイルは思わず目を閉じてしまう。

気づいたときには、リシャールに口づけられていた。

リシャールの舌がアイルの舌を捕らえ、執拗に絡みついてくる。

アイルはもう何も考えられなかった。自分が今でもまだ側室候補であるとか、真昼間からこんなことだとか…。そんなことはもう考えられなかった。

たぶんこれが、オメガの性なのだ。

発情期でもないのに、身体の疼きが抑えられない。たぶんもう、アルファに慰められないと収まらないのだと、本能が知っている。

「大丈夫。私に任せて…」

リシャールが甘い言葉で誘惑する。手慣れた様子でアイルの上着を脱がせて、下着に手を差し入れてくる。

「あ……」

アイルの身体がぴくりと震える。声はさっき以上に濡れている。

リシャールの長い指がアイルのペニスを優しく愛撫する。

「あ、だめ…です…」

恥ずかしくて小さく首を振るが、それはリシャールを煽っただけだった。

可哀想なくらいに反り返っているものを緩く強く扱きながら、リシャールはキスを続ける。

そんな恥ずかしいところを他人に触られるなんて初めてのことで、アイルは羞恥で頭がどうにかなりそうだった。

それなのに、身体は既にリシャールの行為を受け入れて、それどころかもっと欲しがっている。

「あ…は…ぁっ……」

熱い息をひっきりなしに吐いて、身体を捩らせる。

「…後ろ、滴ってる……」

リシャールの指が、不意に後ろに埋まる。

「あっ……」

違和感よりも強い快感に、アイルは背をのけ反らせた。

長い指が、アイルの浅いところをくちゅくちゅと弄る。

「あ、あっ……あっ…」

経験したことのない気持ちよさに、アイルは溢れてくる声を抑えることができない。

言葉にならない声が、快感だけを伝える。

「気持ちよさそうだね…」

揶揄するようなリシャールの声が、耳元をくすぐる。

前からも後ろからも強い快感が襲ってきて、アイルは呆気なくリシャールの手を汚した。

「可愛いね…」

息を乱すアイルの首筋を舐めて、再び熱を呼び起こす。

「な……」

不意に内股に硬いものを感じて、アイルは不安そうに身体を引いた。

「…怖がらないで」

囁くと、リシャールはアイルの内股の間に自分の屹立《きつりつ》するものを挟ませて、ゆっくりと腰を揺すり始めた。

生々しくて最初は抵抗はあったものの、後ろから抱かれてリシャールの熱い吐息が耳元にかかるたびに、アイルはたまらない気持ちになってくる。

「いい、よ……」

溜め息交じりの熱い息に、アイルの奥が疼いてくる。と同時に、フェロモンがまた濃くなる。

「…すごいな」

リシャールは鼻をひくつかせてうなじを舐めると、アイルの太腿を固く閉じさせた。そして更に硬くなったものを彼の内股に擦り付ける。

「あ、…ああっ……」

リシャールの腰の動きが速くなった。

「アイル…」

囁いて、アイルの内股に射精した。

アイルの下半身をタオルで拭って綺麗にしたリシャールは、自分も起き上がって乱れたシャツを直す。

「送っていこう」

もたもたとボタンを留めているアイルに声をかける。

「…一人で帰れます」

そう云うと、急いで上着を手に取ると、部屋を出ようとした。

「アイル…」

リシャールはそんなアイルの腕を掴む。びっくりして振り返ったアイルは、顔を真っ赤にしていた。

「あの…、放して……」

「怒ったのかと思った」

そう云うと、少し意地悪そうに目を細めて、強引に引き寄せる。

「な……」

抵抗するより早く、リシャールはアイルの唇を奪った。

「きみ、初めてだよね」

覗き込むようにアイルを見る。

「他のアルファに近寄ったらダメだよ。いいね？」

支配するような目で云い聞かせる。

アイルは返事することもできずに、思わず目を伏せた。そんなアイルを見て、彼は唇でそっと微笑む。

「きみの知らないきみのことを、私が教えるから」

不遜なことを云うと、にやりと笑った。それはアイルにはとんでもなく魅力的で、再び身体の奥が疼く。

「みんなには内緒でね…」

ウインクすると、上着を取った。

如何にも遊びに慣れた悪い男だ。こういう男に近づいてはいけない。理性ではそう思っていても、きっと彼には抗えない。

リシャールは部下に馬車の用意をさせると、門まで見送ってくれた。

「また連絡するよ」

これはいけないことだとわかっているのに、そんな言葉に期待してしまう。

もうとっくに始まっていて、アイルはとっくにそれに押し流されていたのだ。


あれから数日とたたないうちに、リシャールは再び侯爵邸を訪れた。

アイルから説明会の話を聞いた執事は、すっかりリシャールを信頼したようで、彼がアイルに資料探しを手伝ってほしいと申し出たときも、特に疑問を感じることもなくリシャールを歓迎した。

「まだ、他に資料があるんですか？」

疑問を持たなかったのは執事だけではなかったようで、アイルは請われるままに図書室に来てしまったのだ。

「きみは、少し疑うことを覚えた方がいい」

リシャールは苦笑を浮かべて云うと、内側から鍵をかけてアイルを抱き寄せた。

「リ、シャールさん……」

慌てて逃れようとするアイルに口づけると、強引に舌を差し入れる。

「な……」

押し退けようとしたものの、その手にはあまり力が込められていない。

リシャールのキスは簡単にアイルの抵抗を奪ってしまう。身体の芯が熱くなって、リシャールを求めるようにフェロモンが溢れる。

「素直だね…」

満足げに云うと、アイルを木の机に押し倒した。

屋敷の誰かが来たらどうしようと不安がアイルの頭を過《よぎ》る。が、そんなことを気にかけたのも一瞬のことで、すぐに考える余裕はなくなっていた。

一旦火が点いたらもうどうしようもない。リシャールのフェロモンを嗅いでしまうと、アイルはもう引き返せない。

「こんなに濡れて、…発情期じゃないんだろう?」

そんなことを確認されると、恥ずかしくてアイルは思わず顔を逸らしてしまう。

「…ち、がい、ます…」

それにリシャールは薄く笑った。キスをしながらアイルのシャツのボタンを外して、乳首の突起を指で撫でた。

「あ……」

指で弄られると、アイルからいやらしい匂いが漏れる。

リシャールは唇で笑うと、片方の乳首を舌で転がした。硬くなった先端を舌先で突く。

「ひゃ……」

乳首がこんなに気持ちいいなんて、知らなかった。

アイルは知らず知らずに、ねだるような声を上げてしまっている。

ふと、リシャールの指が下着ごしにアイルの中心に触れた。そこは、恥ずかしいほど盛り上げっていて、リシャールが下着を押し下げると反動でぷるんと跳ね返った。

恥ずかしくて、思わず腰を引いてしまう。

「可愛いね…」

リシャールの長い指がアイルのペニスに絡まる。アイルの反応を見ながら、リシャールはそれを扱いてやった。

「気持ちいい?」

アイルには答えられない。必死で声を抑えようとするが、無理だった。

そして、呆気なくリシャールの指を濡らしてしまう。

「我慢できなかった?」

意地悪な目でアイルを見下ろす。

「でもまだ、欲しそうだね」

確かにアイルのフェロモンの放出は少しも収まっていない。

肩で息をしているアイルに口づけると、リシャールは萎えかけたアイルのペニスを口に含んだ。

「リ、リシャール……！」

悲鳴のような声を上げて、慌ててリシャールを押し退けようとする。

「ダ、ダメです…。そんなところ……」

しかしリシャールは構わずに、唇でアイルのペニスを締め付けた。

「あ、あ……。だ、め……」

抵抗が明らかに弱くなっている。

リシャールは一旦口から出すと、側面を舐め上げた。既にアイルのペニスはひくひくと反り返っている。そして、その奥の孔もひくついて濡れていた。

「いやらしいな…」

揶揄うように云うと、そこに指を埋めた。

「ああ…っ……」

前後からの愛撫で、アイルはもう自分を保っていられなかった。

「気持ちいい？」

わざとしゃぶりながら聞く。

「や……」

「え、嫌なの？　やめる？」

いきなり中断されて、アイルが慌ててリシャールを見ると揶揄うような目とぶつかった。

「ん？」

おもしろがるような目でアイルを促す。

アイルはリシャールから視線を外すと、苦しそうに小さく首を振った。

リシャールはクスクス笑うと、行為を再開させた。

後ろをさんざん弄られて、アイルは殆ど無意識にその指を締め付けてしまっている。そして
リシャールの口に含まれたまま二度目の絶頂を迎えようとしていた。

「だ、だめ……、出、る……」

必死でリシャールを押し退けたが、自分が放ったもので彼の頬を汚してしまった。

「わ……！」

慌てて服で拭こうとしたが、それをリシャールに阻まれた。

「…舐めて？」

冷たい目で促される。

アイルは云われるがままに、起き上がって彼の頬を舐めた。

「猫みたいだね」

薄く笑うと、アイルの手をとって自分の股間に導く。

「こっちも…」

リシャールはアイルをじっと見ながら、そこを露わにする。

アイルはごくりと唾を呑み込んだ。リシャールのそれは自分のものとは比較にならないくらいに大きかった。

リシャールに誘導されて、戸惑いながらもその太いものを握り込んだ。

溜め息交じりの吐息と共に、リシャールから強いフェロモンが溢れた。それを吸い込んだアイルは、くらっと眩暈を感じて、吸い込まれるように彼のペニスに舌を這わせた。不思議なくらい抵抗はなかった。

彼が自分にしてくれたように、それをしゃぶる。

リシャールの指がアイルの髪に埋まって、ゆっくりと撫で回す。

「ん…。いいよ……」

少し掠れたリシャールの声がセクシーで、アイルはぞくりと腰が疼いた。

促されるようにペニスを頬張るが上手に締め付けられなくて、それに焦れたリシャールはアイルの顔を自分の股間に抑えつけた。そしてやや乱暴に腰を突き入れる。

喉元まで押し入ってくるペニスに噎《む》せそうになりながら、それでもアイルは奇妙な快感を覚えていた。

「きみは暫く熱を冷ましてから部屋に戻った方がいいよ。こんな濡れた顔をしていたら、執事が腰を抜かすから」

揶揄うように云うと、ハンカチーフをアイルに差し出した。

そして自分は涼しい顔でシャツのカフスを止めると、アイルを置いて部屋を出た。

アイルは暫くぼうっとしていたが、少し落ち着いて自分の部屋に戻ったときには罪悪感でいっぱいだった。

あんなふうに流されていいはずがない。きっとリシャールは男のオメガだという物珍しさから手を出したに過ぎないのだろうが、彼には知らないことがある。それは自分が皇太子の側室候補だということだ。それを知ったら、さすがにリシャールだって二度と自分を誘わなくなるだろう。

彼に誘われなくなる…。そのことを考えると、胸が締め付けられるほど苦しくなる。

リシャールの洗練された振る舞いに強く惹きつけられていたし、彼にされることが決して嫌ではなかったのだ。

ずっと皇太子からは何の沙汰もないし、バラのサロン以来執事たちからも皇太子の話は出なくなっているし、侯爵夫人が訪ねてくることもない。それはあのご婦人たちの噂がそれほど外れていないということなのだろうと、アイルもおぼろげながら感じていた。

アイルには王宮の情報を得る術はなかったが、使用人たちは貴族の館に出入りしている人間同士のネットワークのようなものがあって、どこからかそういう情報を仕入れていて、アイルの王宮入りはほぼないものと諦めているらしかった。

そんな空気を感じてアイルの気も緩んでいた。側室の話が白紙になれば、リシャールにも迷惑はかからないのでそれはそれでいいのでけと思わないでもなかったが、しかし現実はそれほど甘いものではなかった。

王宮入りがなくなったら自分はここを出なければならないし、その後は養父母が決めた相手と結婚することになるのだ。

親の決めた相手と結婚することは当たり前のことだとされていたし、何より侯爵邸での準備にかかる費用の一部を養父母も負担することになっていて、それを捻出するために男爵から融資を受けていたということだった。実際は費用を負担することなどあり得ないのだが、世間知らずのアイルはそういうことには疎かった。

「男爵様が、元婚約者として祝わないわけにはいかないと云って用意してくださったの。私たちにとっては負担が大きすぎて困っていたので、ありがたく貸していただくことにしたの。もし側室になることができなくなっても、男爵様は喜んでおまえを受け入れてくださるようよ。なんと寛大な方なんでしょう」

その話をされたときは、自分のせいでお金がかかったのだから仕方のないことだと受け入れていた。何よりオメガとして生きていくのは困難すぎて、そんな未来しか自分にはないと思っていたからだ。

しかし今は違う世界を知ってしまった。

王室入りが白紙になって村に戻ることになったときに、ここでのことを思い出に生きていかなければならないのだ。それは何も知らなかったときとは比較にならないくらい辛いことになるだろう。

いっそ村に戻らずにどこかで働くことができれば…。都は村にいたときは想像すらできないほど仕事がたくさんある。自分にできる仕事だって見つかるのではないか。お金は時間をかければ返せるかもしれない。

「でも……」

発情期がきたときにどうすればいいのか。オメガであることを伏せて仕事をするなんて無理に決まっている。養父母に連れ戻されて、男爵と結婚させられる未来しか見えない。

自分には何の希望もないことを改めて思い知らされる。

深い深い溜め息をついて、そしてリシャールのことを思った。

将来も何もない自分と彼は違う。側室候補とのよからぬ関係が発覚したとき、彼が何らかの罰を受けるようなことにならないとも限らない。彼の経歴に傷をつけるようなことになってはいけないのだ。

侯爵夫人から、側室候補であることは公にしないように云われていたので誰にも話してこなかったが、もうそんなことは云っていられない。

打ち明けて、そしてもうこれきりにするのだ。

そう決めた矢先のことだった。

外国語の家庭教師のランセット夫人から、思いもよらない話を聞かされることになった。

「突然ですが、今月いっぱいでこちらに来るのも最後になります。最後まで教えることができず、とても残念で申し訳ないのですが…」

突然の話にアイルは驚いた。

「執事にはさきほど伝えましたが、彼に話していないことがあります」

「…それは……」

「表向きは夫の仕事がらみと伝えてありますが、やはり貴方に黙っておくのはフェアではないと思うので…」

ランセット夫人はドアを薄く開けて廊下の様子を窺うと、再びきっちりドアを閉めた。そしてアイルに近づくと、声を潜めた。

「貴方がリシャールの滞在している館にいるところを見た人がいるという話を聞いたのですが、本当ですか？」

アイルは心臓がひやりとした。が、何とかそれは表情に出さずに済んだ。

「…伺ったことはあります。運河工事の説明を聞きに……」

「そう…」

夫人は暫く考えていたが、更に声を潜めた。

「よくない噂が立っています。貴方を側室失格にするために、アルファ男性を接近させて番《つがい》にしようとしているという…」

「え……」

「貴方も耳にしているかもしれませんが、側室を迎えることに関して国王と皇太子との間で意見が割れています。国王があくまでも側室を必要とお考えなのに対して、皇太子が頑なに拒否しておられるのです」

アイルの眉がぴくりと震えた。

「それでも、貴方がここに来られたときには、最終的には皇太子が折れることになるだろうと思われていました。侯爵夫人が王室からの依頼で貴方を引き受けたのも、そうした流れからです。が、少しずつ状況が変わってきていて！」

ランセット夫人は真剣な顔で一旦言葉を切った。

「…国王派だと思われていた侯爵夫人が、皇太子に肩入れなさっているようです」

「それは……」

思わず何か云おうとしたアイルの口を、大人が指で塞ぐ。

「しっ…」

そして、ちらりと窓の外に目を向ける。

「…王宮に出入りしている私の友人が忠告してくれました。厄介ごとに巻き込まれたくないなら、ここでの仕事は辞めた方がよさそうだと」

どうやら、ご婦人方の噂話とは違うレベルのように聞こえる。

「それがリシャールなのかどうかまではわかりませんが、ただ侯爵夫人には若い愛人が何人かいて、彼もその一人のようです。二人が一緒にいるのを見た人が何人もいるようです」

アイルは驚いて言葉もなかった。

「彼、何かと理由をつけてこのお屋敷に出入りしているでしょ。側室候補の貴方を預かっているのに執事がそれを咎めないのも不自然だと思っていたけど、女主人が許しているなら当然なのかもしれません」

アイルの頭の中に彼女の言葉が渦巻いていて、整理が追いつかない。

「確かに、彼、魅力的よね。でも気を付けなさい。貴方はとても微妙な位置に立たされているように私には思えます。自分の身を守れるのは自分だけよ」

彼女は真面目な顔でそう云うと、その話はそこで打ち切った。そして淡々と最後の授業までの予定を告げる。

アイルはその予定を書き止めながら、頭の中は完全に混乱していた。

リシャールが自分に近づいたのは、愛人である侯爵夫人のため？　そんなこと想像すらしていなかった。でも考えてみれば、確かに何もかも唐突だった。

偶然を装いながら隙を窺っていたのだろうか。そうとも知らずに、まんまと罠に嵌《はま》った自分を嘲笑《あざわら》いたくなる。

ランセット夫人が帰ると、いつものようにフリッツがお茶を運んでくれた。

ここにきてずっと身近にいて親切にしてくれたフリッツを全面的に信頼していたが、もしかしたら彼も全部知っていたのだろうか。だから、自分が帰宅が遅くても何も云わなかったのかもしれない。

執事にしても、リシャールにずいぶんと協力的だったし、彼が滞在する館に行くことも賛成してくれた。運河建設のことで好意的なのだと思っていたし、説明会の報告をしたときも熱心に聞いてくれたので、疑いもしなかった。

ランセット夫人の云うことが事実だと考えると、リシャールを屋敷の人たちが歓迎していたことの説明もつく。運河建設はその隠れ蓑《みの》でしかないのかもしれない。

リシャールの優しいキスも、全部そのためのものだったのか。

仕事熱心で、技術者としてのプライドのある人だと思っていたのに…。

彼のことをよく知りもせずに、誘惑されて簡単にその気になってしまったアイルを笑っていたかもしれない。

「ランセット夫人のこと、聞きました。急なことでびっくりしましたが、新しい先生はすぐに見つかるはずなので、ご安心ください」

フリッツはいつもどおりの満面の笑みで話しかけてくるが、アイルはどう答えたらいいのかわからない。

それでもアイルの口下手はいつものことなので、フリッツはさして気に留めることもなく、飲み終えたカップを片付けてさっさと部屋を出て行った。

一人残されたアイルは、頭の中を整理することにした。

そもそも、リシャールが本気で自分を相手にしていたわけではないことはわかっていたはずだ。その理由が、珍しいオメガに手を出したかったからか、彼らに利用されたからかなどということは大差ないといえばそのとおりだ。

どちらにしても弄ばれたに過ぎない。なのでそのことを嘆いても仕方ない。

それよりも、自分が侯爵夫人の計画通りにリシャールの番にされてしまったら、少なくとも自分はここを追われるだろう。それどころか、故郷に帰ることも許されず罰を受けることになるかもしれないのだ。

そのときはすべての非をアイルに被せるつもりなのだろう。貴族の多くは、身分の低い人間を自分たちと同じとは思っていない。

リシャールはそんな人たちとは違うと漠然と思っていたけど、それは自分の願望に過ぎなかったのだ。

ぽとりと、大粒の涙が落ちてアイルの手を濡らした。

あんなふうに優しくされて嬉しかった…。弄ばれたにしても、人の温もりを感じたのは初めてだったのだ。

それが……。

涙が止まらなかった。

結局、自分なんて誰からも親切にされるような人間ではなく、たまたま側室候補だっただけで、フリッツにしても執事にしても、上辺だけでも親切にしてくれたのは仕事だったからなだけだ。

神父さまだけだ、これまで親身になって心配してくれたのは。

神父さま、今どうしているんだろうか。

村を出てきたのが、何年も前のことのように思える。

アイルははっとして、着けていたクロスを外した。リシャールからもらったものだったが、彼の魂胆を考えたら大事に着けているなんて愚かでしかない。これが皇太子を裏切った証拠だと思われるかもしれない。

そして、ドクターからもらっていた幅広のチョーカーを着けた。

オメガは発情期にアルファに首に噛み付かれたら番にされてしまう。それを物理的に阻止するのがこのチョーカーなのだ。

もらったクロスは捨ててしまおうかと思ったが、さすがにそれはやめて引き出しにしまった。

もう二度と、こんなものは着けない。

もう二度と、彼には会わない。


「…よく理解できていますね。けっこうです」

ハモンド夫人の矢のような質問をすべて打ち返すことができて、ほっとするアイルに、彼女はいつものように微笑むこともなく、しかし淡々とそう云った。

「これを継続してください」

「は、はい…！」

アイルは急いで頷いた。

ハモンド夫人から誉められたのはこれが初めてかもしれない。

アイルは学べるうちにできるだけ多くの知識を詰め込もうと、これまでになく勉強に精を出した。その結果だったのだが、それでも誉められたことで気分は高揚していた。

知識が自分を助けてくれるかもしれない。そんな思いもあった。

「もし貴方が大学に進みたいということなら、推薦状を書きます」

「え……」

「今の勢いで勉強が進むなら、考えてもよいのでは？」

どうやら、ハモンド夫人は単に側室候補に相応しい教養をアイルに授けているだけでなく、アイルの将来を踏まえた教育をしてくれていたようだ。

「側室とて、高等教育を身に付けることは必要となってきましょう。その上、国家資格を取ることもできますし」

アイルは目を丸くして、教師の話を聞いていた。

「私も教師の資格を有しています。それで夫が亡くなっても、こうして仕事をすることができています。皇太子のご親戚でも弁護士の資格を持つ方がいらっしゃるし、大学で教えている方もおられます。国が認める資格を持つことは大きな意味がありますから」

学ぶ意欲がある者に手を差し伸べることは、教師として当たり前のことだと彼女は思っているらしかった。ハモンド夫人は噂話などには関心がなく、教え子の将来だけを考えてくれているようだった。

アイルが側室候補であろうがなかろうが、彼女にとってはただの教え子なのだ。アイルを一個人として認めてくれているということが、このときのアイルには大きな救いになった。

「…ありがとうございます。今後も精一杯勉強したいと思います」

たとえそれが叶わぬことでも、アイルは言葉どおりに勉強に集中した。

たくさんの宿題も必死でこなして、勧められた参考文献も読み込んだ。

その間に一度だけリシャールからは手紙が来て、遊びに来ないかと誘われたが、断りの返事を出したら、それに対しての反応はなかった。

リシャールのことを信用していただけに、自分は利用されただけなのだと認めるのは辛いことだった。何より、彼がそんなふうに他人を見下す人だったことにも哀しみすら感じていた。

村人の意見にも積極的に耳を傾ける人だと尊敬していたのに、それは自分が手掛ける国家事業に必要だと感じたからであって、人として認めているからではなかったのだ。

貴族の彼にとっては、そんな感覚は普通のことで、さして悪気などないのだろう。自分たちと庶民を同じ人間だとは思っていない。オメガなどもっとそうだろう。ただ、それを感じさせない教養や品があっただけで、根っこは男爵とそうは変わらないのかもしれない。

利用したオメガがその後どうなるのかなんて、興味もないのだろう。

そんなことを考えると泣きたくなってしまう。

図書室で本を探しているときも、ついリシャールのことを考えてしまう。

もう忘れなきゃ。そう思って溜め息をついたときだった。施錠しておいた鍵の開く音がして慌てて振り返った。

「どなた、ですか?」

戸口を窺うと、リシャールが入ってくるところだった。

「やあ、アイル。暫くぶりだね」

アイルは驚いて、その場に立ち竦んだ。

まるで自分がそこにいることを知っていたように、笑顔で近づいてくる。

アイルはどう反応していいのかわからず、動けずにいた。

久しぶりに見る彼の微笑には抗い難い何かがある。この素敵な人とずっと話をしていたい、そんな気持ちにさせられるのだ。

「一度、工事を見においでよ。もうずいぶん進んだんだよ」

自然な調子で近づいてくる。リシャールの腕が伸びてアイルの髪を撫でようとする。

その瞬間、アイルは弾かれたようにそれを振り払った。

「やめて…ください」

やや強い調子で云ってしまう。

「え…？」

リシャールの驚いた顔に、アイルは思わず眉を寄せる。

何も知らないと思って…。簡単に騙せると思って…。

「僕は貴方の思い通りにはなりません」

顔も見ずに云い放つ。悔しくて、指が震えてきた。

「アイル、何を…」

呼び止めようとするリシャールを無視して、アイルは急いで飛び出す。追いつかれないように必死に庭を駆け抜けた。

階段を駆け上がって、自分の部屋に逃げ込んだ。そして内側から鍵をかける。

肩で息をしながら、ベッドに突っ伏した。

きっと自分たちの企みがバレたことに気づいただろう。そうであれば、リシャールはもう自分には近づいてこない。これでいいんだと思いながらも、それは自分で考えていた以上に辛いことだった。

もう二度と彼が自分に触れることはないのだ。その現実に胸が締め付けられる。

こんなにも彼に惹かれていたのか。そのことに今更のように気づいた。

ずっと騙されていてもよかった、そんなふうに考えてしまう自分にぞっとした。

騙されて、番にされて、それで捨てられたらどうなる？　番にされたオメガは、番以外のアルファには反応できなくなると聞いている。他のアルファが近づくだけで、全身で拒絶してしまうのだ。番に捨てられたオメガは、発情期のたびに出口のない疼きに苦しみ続ける。そしてその多くは強烈な飢えに襲われて、絶望して狂ってしまうとも云われている。

その前に、リシャールの番にされてしまったら、自分は皇太子を裏切った反逆者として処罰されるかもしれないのだ。

そんな未来しかないのに、それでもリシャールに騙されていいはずがない。

それでも、もうリシャールと会えないことが今は何よりも辛かった。


いつ実家に帰されることになっても後悔しないように、アイルはよけいなことは考えずにひたすら勉強した。

ここに来るまでは読み書きだけで精一杯だったので、勉強の仕方すらわからず教師に云われることだけやっていたが、ようやく自発的な取り組み方もわかってきた。

こんな機会はもう訪れないのだと思うと、寝る時間も惜しかった。苦手だった乗馬も強い気持ちで立ち向かった。

そのどれもが、自分の血肉になっていくような、それが自信に繋がることをおぼろげながら感じていた。

ランセット夫人が辞めたあとも、使用人や教師たちのアイルに対する態度は特に変わることはなかった。授業もアイルが熱心に取り組めばそれに応じてレベルを上げてくれて、彼らにどんな魂胆があろうとも、そのことは感謝するしかなかった。

中でもハモンド夫人は難度を上げても変わらず厳しくアイルを質問攻めにして、答えに窮すると冷たい視線をくれる。『これについてこれならレベルを下げてもいいですよ』という無言のプレッシャーを与えてくるのだ。

真剣勝負の講義でアイルは頭脳をフル回転させなければならず、教師が帰ったあとは暫くぐったりしてしまう。

いつものように、フリッツの淹れてくれたお茶に砂糖をたっぷり入れて飲み干す。そのとき、ふと椅子の足元に置かれた紙包みに気づいた。

「これ…」

ハモンド夫人の忘れ物に違いなかった。

慌ててそれを掴むと階段を駆け下りる。

「せ、先生は？」

「え？　ハモンド夫人ならもうお帰りになられましたよ」

メイドの返事に、アイルは急いで馬に跨った。彼女の次の授業は一週間後なので、それまでに必要だったら困るだろうと思ったのだ。

夫人の帰る方向は以前フリッツから聞いていた。少し迷って手間取ったが、それでもアイルは無事に追いつくことができた。

「まあ、ありがとう。うっかりしていました」

「すぐに気づいてよかったです」

アイルはほっとして忘れ物を手渡す。

「それにしても、いつのまにか乗馬も上達していたのですね」

ハモンド夫人は、真面目な顔で返す。

いっこうに上達しなかった乗馬の練習を見られていたのかと思うと、アイルは恥ずかしくて真っ赤になってしまった。

「…まだまだ下手くそで…」

俯いて言い訳してしまう。実際、怖くてなかなか慣れることができないでいた。しかし逃げてばかりの自分が嫌になって、恐怖心を何とか封じ込んで取り組むようになって、今では乗馬の教師と一緒に森まで行けるようになっていた。

「貴方の努力の成果ですね。おかげで助かりました」

彼女はにこりともしなかったが、それが逆に本心であることがわかる。アイルはこの教師から誉められることは嬉しかった。彼女から学ぶことの大切さを教わったのだ。そして今でも馬を自由に扱えるところまではいっていないが、こうして公道を駆けさせるくらいのことはできるようになった。

「お気を付けて」

教師に一礼して馬車を見送ると、来た道を引き返す。

屋敷までそれほど距離はなかったが、途中から生憎《あいにく》と雨が降ってきた。

「夕立かな。ついてない…」

急ごうとしたときに、すぐ近くで地響きのような雷が鳴った。

アイルは首を竦めたが、それ以上に驚いた馬が突然走り出した。

「うわっ…！」

慌てて手綱を引こうとしたが、そのときに教師から馬がパニックしているときに自由を奪うとよけいに暴れると云われたことを思い出した。

「お、落ち着いて……」

何とか宥めようとするが、更に稲妻が響いて馬はそれどころではなかった。そしてアイルもまた振り落とされないようにするのに必死だった。

馬は曲がるべき道を無視して、闇雲に走り続ける。

「そっちじゃないよ」

自分が落ち着かなければ、馬はいっそう不安になるだろう。そうは思うものの、アイルも既にパニックしかかっていた。このままでは振り落とされる。

　ふと、行く手に工事用の材木が積み上がっているのが見えた。

「と、止まって……！」

　祈るような気持ちでしがみつく。

　それほど高さはなかったが、アイルは障害を飛んだことはまだなかった。

「止まって、お願い……」

　そんなアイルの思いは馬には通じない。

　馬は障害を飛び越えたが、着地すると同時にアイルは振り落とされた。

「うわっ……！」

　投げ出されて、地面に強かに打ち付けられる。そこに材木が崩れてきて、アイルに襲いかかった。そのうちの一本が頭を強打して脳震盪を起こしかけていた。

　馬はそのまま走り去っていった。

「おい、大丈夫か！」

「子どもが馬から落ちたぞ！」

「材木をどけろ」

　人が集まってくる。

「大丈夫か？　意識はあるか？」

アイルは意識が朦朧《もうろう》としていて、答えることができない。

「アイル？　アイルじゃないか」

ひときわ野太い声で名前を呼ばれて、はっとした。アイルはその声に覚えがあった。

「…カール、さん？」

薄く目を開けたが、視界はぼんやりしていて顔までは判別できない。

「ああ、意識はあるか。よかった」

どうやらこのあたりは例の運河の工事現場だったようだ。材木が積まれていたのも工事に使うためなのだろう。

「運ぶぞ。手を貸してくれ」

資材を運ぶために使っていた幌馬車に乗せられた。

病院に連れて行ってもらえるのだろうとほっとすると、さっきまで感じなかった痛みが襲ってきた。ずきずきとした痛みがどんどんひどくなって、呻《うめ》き声を上げてしまう。

「アイル、聞こえるか？　アイル…！」

誰かが自分を呼んでいる。カールではない。

リシャールの声のような気がしたが、よくわからない。

そのまま、アイルは気を失ってしまった。


ひどい夢を見た。

予告もなく迎えの馬車が来て、突然村に帰された。

養父母はひどく怒っていて、おまえのせいで縁談は台無しになったと告げられた。

「皇太子の側室に望まれていた身でありながら、他のアルファと番になるなんて」

「本来なら姦通罪として裁かれるところを寛大にも許してもらえたが、男爵にも見捨てられてしまった」

養父母たちは、借金を返すために娼館に行くようにアイルに命じた。

「い、一生かけて返しますので、それだけは…」

懇願するアイルを、養父はせせら笑った。

「他にどうやって金が稼げると思ってる。その身を売るしかないこともわからないのか」

「し、仕事を探します。だから…」

「何を生意気な！　おまえにできる仕事などあるわけがない」

養父はそう決め付けると、強かにアイルを殴りつけた。

「ご、ごめんなさい」

「そうやって、泣けば許してもらえると思って」

養父は容赦なく殴り続け、養母はそんなアイルを見て笑っている。

顔は腫れ上がり、切れた唇は血が滲んでいた。

「うっ……」

内臓を蹴り上げられて、アイルは思わず呻く。このままでは殴り殺されてしまう。

「ゆ、許して……」

アイルは消え入りそうな声で命乞いをする。

そのとき、温かい手がアイルの手をぎゅっと握った。

暴力は止み、痛みも遠ざかっていく。もしかして、天に召された……？

「アイル？　大丈夫か」

誰？　自分を心配する優しい声。

よく聞こえないが、穏やかな安心させるような響きを感じる。

「え……」

はっとして目を開けたが、暫く状況が呑み込めなかった。

「アイル、気が付いたか。よかった」

「……」

「ひどい汗…」

リシャールが額の汗を拭いてくれる。

「…リシャール、さん？」

「ああ。まだ痛むか？」

心配そうなリシャールの目が自分を見下ろしている。

少しずつ思い出してきた。そうだった。落馬して、カールが病院に運んでくれて…。という
ことは、ここは病院？

「うなされてたぞ」

そう云いながら、アイルの額に手を当てる。

全身を覆う安心感に泣きそうになってしまう。

あれは夢だったんだ。よかった…。

「…熱は下がったようだな。まだ痛むようなら往診を頼んで…」

「往診？」

アイルはゆっくりと首を回して部屋を見た。どうも病室ではなさそうだ。というか、この部
屋は見覚えがある。

「左足首が折れていたので固定してある。当分は動かさないようにと」

もしかして、ここってリシャールの部屋ではないか。

「どうした？　痛むのか？」

「だ、大丈夫です」

痛みはあったが、それでも我慢できる範囲だ。

「そうか。よかった…」

リシャールの目に安堵が浮かんで、それはアイルに落ち着かない気分にさせる。

アイルが起き上がろうとするのを、リシャールが手を貸してくれた。

「落馬したこと、覚えてるか？」

「…はい。馬が雷に怯えて…。それで、馬車に乗せてもらったところまでは…」

「それだけ覚えてるなら大丈夫そうだな。頭を打ったようで、ドクターが記憶障害を心配していたから…」

「あの、馬は……」

「ああ、それなら…」

リシャールが答えようとするより前に、アイルの腹の虫が抗議の声を上げた。

真っ赤になるアイルに、リシャールは微笑を浮かべる。

「無理ないよ。昨日からずっと何も食べてなかったんだから」

え、昨日からとは…。

「食欲があるなら安心だ。食事を用意させるよ」

微笑しながら、部屋を出ていった。

窓の外に目をやると、既に陽は傾きかけている。ということは、自分はまる一日眠っていたことになる。

そのとき、はっと我に返った。この状況はいろいろと問題がありすぎるのではないか。ここはリシャールの部屋でリシャールのベッドで…。自分は足を骨折していて…。

「骨折…」

どんな状態なのか気になって、もぞもぞと毛布を除けて足の具合を見てみる。医療器具のようなもので固定されていて、痛みもそれほどない。

そっとベッドから下りると、家具に掴まってこわごわと歩いてみる。これなら杖があれば何とかなりそうだ。

そこにリシャールが戻ってきた。

「何やってる。さっき当分は動かさないように云ったよね」

「…でも、思ったほどの痛みはなかったので杖を使えば…」

「それは痛み止めが効いているからだよ。ダメだよ、無理しちゃ」

強引にベッドに戻されてしまう。

「でも、ベッドを占領するわけには…」

「そんなこと、気にしなくていい。ソファもあるし、私はどこでだって眠れる」

「…お仕事の邪魔もしてしまって…」

「だから気にしないで。私がきみについていたかったからなだけだよ」

リシャールはそう云ってじっとアイルを見る。

「目が覚めたときに一人だったら不安だろ？」

優しい目の奥で、少し怪しい光が宿る。アイルを見つめながらゆっくり近づいてきたリシャールは、躊躇うアイルの唇をそっと塞いだ。

「暫く会えなかったから、気が気じゃなかった」

唇を離してそう囁くと、もう一度アイルに口づける。

アイルは抵抗するのを忘れて、そのキスに酔っていた。唇がこじ開けられて、リシャールの舌がアイルの舌に絡まる。

あ、ダメなのに…。どこかでそう思っているのに、身体が動かない。もう何も考えられなかった。

けど、このままじゃ…、そう思ったときに、乱暴なくらいの大きなノックが鳴った。

「おーい、杖持ってきたぞ！」

リシャールはキスを中断して、苦笑した。

「邪魔が入ったな」

悪戯《いたずら》が見つかったような顔でアイルに囁きかけると、カールのためにドアを開けた。

「アイル、具合はどうだ？」

「カールさん、ありがとうございます」

あのままだとこれまでのように流されてしまいそうだったので、アイルは違う意味でも心の中でお礼を云った。

「俺の部下が、きみの馬を見つけたよ。お屋敷に戻しに行って、事情を話してあるから」

さっきリシャールが答えようとしたことを、先にカールに説明されて、リシャールは苦笑を浮かべている。

そんなことには気づかず、カールは松葉杖をベッドの脇に置いた。

「使ってみてくれ。高さとか調節したいんで」

アイルはもう一度ベッドから出ると、杖を使ってみる。カールは手の位置などを確認して、持ってきた道具で微調整を行う。

「それにしても、足首の骨折だけで済んでよかったな。振り落とされたところを見た奴の話だと、もっと大ごとになってもおかしくなかったようだ」

「…充分大ごとだよ」

リシャールは神妙な顔で返す。それを見てカールは肩を竦めただけだった。

「それにしてもよく降ったな。通り雨かと思ったが、あのまま一晩中降り続くとはね」

杖の調整をしながら、リシャールに話しかける。

「森の方で落雷があったと聞いたが…」

「らしいな。もっとも雨が強くて山火事に発展しなくて済んだようだ」

アイルは、リシャールの部下が持ってきてくれたサンドイッチを食べながら、二人の話を聞いていた。

「これでどうかな？」

カールに促されて、調整ができた杖を試してみる。

「どこか引っ掛かるところはないか？」

「いえ。ありがとうございます。助かります」

アイルは丁寧に礼を云った。

「使っていて違和感があったら遠慮なく云うといい。それより、それ旨そうだな」

アイルの皿を指す。

「あ、よかったらどうぞ。僕はもうお腹いっぱいなので…」

「ありがたい」

カールはリシャールが止めるより早く、残ったサンドイッチを大きな手で摘まんで、口に入れた。

「…カール、きみの分は食堂に置いてあるよ」

「ほんとか？」

頬張りながら返す。

「ああ、杖のお礼がわりに作ってもらっておいた」

「さすが気が利く」

カールは手早く道具を片付けると、さっさと部屋を出て行った。

「あの…、ご馳走様でした。本当に何から何までお世話になってしまって…」

アイルが立ち上がって杖を使おうとするのを、リシャールが止めた。

「今日は泊まっていくといい。もうすぐ日も暮れるし、雨のせいで足元も悪い。お屋敷には事情を話してある」

「でも……」

「治るまでここにいればいい」

そう云って、にっこりと微笑む。その笑みに、アイルは危険なものを感じた。

「暫くきみに会えなかったから気になってた。きみは？」

「…でも、これ以上迷惑かけるわけには……」

「迷惑なんかじゃないよ…。きみにここに居てほしいんだ」

目を細めて、アイルを見つめる。そんなふうに見られると、アイルは自分が抵抗できないことを知って、慌てて視線を外した。それでも既に身体の奥は反応してしまっている。そして、恐らくリシャールはそれに気づいている。

彼が傍にいると、発情期でもないのにどうしてもそうなってしまうのだ。

このまま追い詰められてばっくり喰われる前に、早くこの部屋を出なければ。

「か、帰ります」

カールに頼んで馬車を呼んでもらおう。慌ててベッドから降りた途端に激痛が走った。

「いたっ…！」

「あぶない…」

その場に蹲ったアイルに、リシャールが手を差し伸べる。触れられそうになって、アイルは慌てて彼の手を振り払った。

「え……」

「じ、自分で立てますから」

ベッドに手をついて身体を起こす。

「…いろいろご迷惑かけました。もう失礼します」

目を合わせずにそう云った。とにかく二人きりでいるのは危険すぎる。馬車を呼んでもらえないなら、せめて母屋でソファでも貸してもらえたら…、そう思って杖を探す。

アイルの態度が急変したことにリシャールは困惑していたが、ふと図書室でのことを思い出したようだった。

「…そういえば、このあいだもそんなふうだったね」

「……」

「もしかしてキスしたこと怒ってる？　きみを抱いたこと…」

アイルは彼から目を逸らした。そんなこと聞きたくなかったからだ。

「強引だったかもしれないけど、無理矢理じゃなかったよね？　それとも嫌々だった？　それなら…」

「そんなこと云ってない…」

「じゃあ、なにが…」

「知ってるんですから。貴方が僕に近づいた魂胆くらい」

「は？」

たちまちリシャールの眉が寄って、アイルは怯みそうになったが、それでもごまかされたくなくて己を奮い立たせる。

「どうせ、オメガなんてアルファの云いなりだって思ってるくせに」

「なんでそんなこと…」

そんなふうにリシャールがとぼけようとしていることが悔しくて、アイルは唇を噛んだ。

「貧相なオメガなんて簡単に騙せると思ってるんでしょうけど」

「貧相なオメガって…。私がきみをそう思ってるって？　私がきみを騙したって？」

そうじゃないって思いたい。けど…。

「僕が何も知らないと思って……」

「知らないとは何を？」

「貴方がマーゴット侯爵夫人の愛人だってことです」

「へ？」

やや間が合って、リシャールは間の抜けたような声を出した。

しらじらしい。そんな反応をするなんて。

「僕を自分の番にして、側室にさせないつもりでしょ。そうしろって侯爵夫人に頼まれて僕に近づいたことくらい知ってるんですから」

とうとう云ってしまった。一旦口にするともう止まらなかった。

「僕を騙して番にして、役目が終わったらどうせ捨てるつもりでしょ。オメガなんてどうなっても気にもしないくせに…」

「アイル、何を…」

意味がわからないと云いたげだ。そんなふうにとぼけるなんて…、とぼけたふりをしたら騙されると思われてるなんて。アイルは悔しくて、涙が溢れてきた。

「アイル、何か誤解して…」

まだそうやって言い逃れるつもりなんだ。そのくらいなら、それの何が悪いと開き直ってくれた方がまだ救われる。

「貴方の思い通りになんかならない！　こんな企みがあったことを国王様に話して…」

「国王？」

リシャールの表情が変わる。

「側室って、国王のか？」

アイルは乱暴に涙を拭うと、リシャールを睨みつけた。

「しらじらしい。皇太子様のに決まってるでしょ。とぼけても無駄です。侯爵夫人に頼まれて僕に近づいたことくらい……」

「待った」

リシャールは片手を上げてアイルの言葉を止めた。

「きみは皇太子の側室の候補で、しかし侯爵夫人がそれを阻止するために、きみを私の番にさせようとしたって？」

疑問形だったが、それはアイルに尋ねたわけではない。

「皇太子と国王が側室問題で揉めてるという話は聞いていたが…。そうか、きみが皇太子の側室の候補だったのか」

リシャールは、自分の考えを整理しているようだった。

「なるほど。だから侯爵夫人がきみを預かっていたわけか」

深い溜め息をついた。

「そうか、きみが側室候補か…」

もう一度溜め息交じりに呟いた。

もしかしたらリシャールも詳しい事情を知らなかったのかも？　ということは、彼も侯爵夫人に利用されていただけかもしれない。

しかし、だからといってリシャールに同情はできない。だって彼女に云われるままに自分を誘惑してそのあと捨てるつもりなんだろうから。彼を信用してはダメだ。今だってきっと自分をどう騙すか考えているに違いない。そう自分に云い聞かせる。

「なるほどね、それできみは私に騙されたと思ったわけか」

少し哀しそうな顔で溜め息をつくと、椅子に座り込んだ。

「しかし側室候補か。それはまずいことになったな」

呟いて、アイルを一瞥する。

「それより誤解があるようだけど、マーゴット侯爵夫人の愛人は私ではなく、ジェイクだよ」

「……え？」

予想もしない言葉に、アイルは驚いた。

「何なら彼を呼んで聞いてみてもいいよ。今呼ぼうか？」

「……」

「侯爵夫人に会ったことは数回あるが、挨拶程度で個人的な話をしたことはない。もちろん何か頼みごとをされるような間柄でもない」

アイルは混乱した。確かにリシャールとジェイクは背格好は似ているので、遠目に見れば間違えることもあるかもしれない。逢引していた相手というのは、リシャールではなくジェイクだった？

「それにジェイクはアルファではないはずだ。ということは、きみを番にはできないと思うんだが…。云うまでもないことだが、ジェイクからきみを誘惑しろだの云われたこともない」

アイルの背中に冷や汗が流れる。

「きみは今の話を誰に聞いたの？　信頼できる相手？」

「それは…」

「私よりその話の方を信じる？」

少し哀しそうな目で見つめられて、アイルは胸が痛かった。

「きみが落馬したって聞いたときは、生きた心地がしなかったよ。落馬で命を落とす人は少なくない」

アイルにはその言葉が嘘だとは思えなかった。

「意識もなかなか戻らなくて、どれほど心配したか」

そう云うと、再び立ち上がってアイルの手に触れる。

もうアイルはそれを振り払おうとはしなかった。

「ドクターは痛み止めが効きすぎてそれで目が覚めないだけだと云っていたが、このままだとどうしようかと気が気じゃなかった」

リシャールは握った手の甲に唇を当てた。

「愛してるんだ」

アイルは空耳かと思った。

「ぼ、ぼく……」

アイルは涙が溢れてきて、それを止めることができなかった。

「ごめん、なさい……」

やっとそれだけ云えた。

「アイル…」

「ひどいことを、云って…」

「いや、私の言葉が足りなかったせいだ」

引き寄せて、ぎゅっと抱き締めた。

「きみが欲しくて急ぎすぎた。ちゃんと段階を踏もうと思ってるのに、いつも自分が抑えられない。みっともないな」

情けない顔をするリシャールに、アイルは胸が締め付けられた。

彼が好きだ。そんな気持ちがアイルを満たしていく。

「さっきの噂話にひとつだけ正しいことがある」

アイルは問いかけるような表情でリシャールを見上げる。

「私がきみを自分の番にするつもりだってことだ」

「リシャール……」

「きみを私の番にして、ずっと傍におきたい。一生大切にしたいんだ」

囁いて、耳の下に唇を埋める。

アイルは多幸感で脳がクラクラしてきた。

直感的にそれを信じた。もう迷うことはなかった。

「リシャール、好き…です」

消え入りそうな声で返すと、強く強く抱き締められて、キスをされた。

舌を絡ませ合って、お互いを求め合う。

「…初めて会ったときから強い引きを感じていた。ずっときみのことが気になっていたけど、それが何なのかわからなかった。けど、きみに触れたときに確信したよ」

艶を含んだ目でアイルを見つめる。

「きみは私の番なんだと」

アイルを抱き上げて、ベッドに組み敷いた。

「そうか。それでこんなチョーカーを着けてたんだ?」

指摘されて、アイルはついそこに手を当ててしまう。

「きみの同意もなくそんな無理強いはしない」

「ご、めんな……」

最後まで云わさずに、リシャールは首を振った。

「責めてるわけじゃない。きみが誤解した責任は私にもある」

アイルは思わず首を振る。すっかり鵜呑みにして彼を責めてしまって、恥ずかしかった。それなのにリシャールはそのことで怒りもせずに、むしろ誤解が解けたことに安心しているようだった。

そのことがアイルには震えるほど嬉しくて、思わず自分から彼に抱きついた。

リシャールがそれを受け止めて、しっとりと口づける。アイルは身体の中心が熱くなって濡れてくるのを感じていた。

「きみは、甘く可愛い匂いで私を誘うんだね」

アイルは首まで真っ赤になった。

「たまらない」

リシャールはアイルの乳首に指を這わせる。

「あ……」

小さな嬌声を上げて、アイルは身を捩った。

もう何も考えられなかった。ただ、リシャールの愛撫に応えるだけで精一杯だ。

深いところまでリシャールが欲しくて、アイルは彼のために身体を開いた。ただ、そうしてほしかったから。

「こんなに濡れて…」

リシャールの長い指が、アイルの後ろをくちゅくちゅと慣らす。

「あ、あっ…」

可愛い声を上げて、指を締め付けてしまう。

時間をかけて指で中を広げられて、入り口から愛液が溢れている。

リシャールはその濡れたところに自分のペニスを押し付けると、すぐには挿れずに焦らすようにぬるぬると先端を擦り付ける。

「リ、シャール…」

アイルはたまらず、腰を捩った。

リシャールは目を細めると、唇を舐めた。そして、クプクプとはしたなく誘うそこに、先端を潜り込ませた。

初めてなのに中はすっかり準備はできていて、オメガの身体は自分だけのアルファのために開かれていた。

「中、ひくついてる…」

リシャールは囁くと、アイルの片脚を持ち上げて、ずぷずぷと深くまで突き入れた。

「あ、ああっ……」

内壁を、熱いものが擦り上げていく。その快感に、アイルは我慢できずに声を上げてしまう。

突き上げられるたびに、大きな快感の波が襲ってきて、アイルはただただそれに流され続けた。奥を太いもので抉られると、気持ちがよすぎて、目が眩んでくる。

「あ、い、いいっ…。気持ち、い……」

ひっきりなしに、うわ言のように呟いた。

「アイル…」

ふと、自分を組み敷いているリシャールが、快感を堪えるように眉を寄せているのが見えた。

その表情は、たまらなくセクシーで、ぞくぞくしてくる。

そして、そんな顔にさせているのが自分なんだと思うと、アイルはたまらないほどの幸せを感じていた。

後悔は何もなかった。ただ嬉しくて、涙が止まらない。

そんなアイルに、リシャールは口づけて、そして涙を舐め取ってくれた。

「リシャール…」

「アイル…。愛してるよ」

「あ…僕、も…」

生まれてきてよかったと、心から思えた。


何度も求められて、くたくたに疲れ果てて翌朝目を覚ました。

ベッドにはリシャールの姿はなく、アイルはゆっくり起き上がって部屋を見回した。

もう仕事に出かけてしまったのだろうか。

暫くするとドアがノックされて、この館の料理人が朝食を運んできてくれた。

「リシャール、さん…は…」

「みなさん、もう現場に出ていかれました」

「そうですか…」

「リシャールさんは暫くこちらには戻られないようです。その間アイルさんは好きなだけここに居ていただいてかまわないとのことです」

テーブルにはリシャールの手紙も残されていた。

『少し時間がかかるかもしれないが、私を信じて待っていてほしい』

走り書きのような短い手紙だったが、最後に『きみを愛するリシャールより』と書き添えられていた。アイルはもうそれだけで充分だと思った。

アイルには、この夢のような時間が長くは続かないことがわかっていた。

自分はまだ側室候補で、このことが王宮に知られれば、自分だけでなくリシャールも何らかの罪に問われるかもしれないのだ。

貴族出身でアルファのリシャールなら免罪されるかもしれないが、それでも国の仕事をしているリシャールが職を追われでもしたら…。自分のことなら諦めはつく。けど、リシャールにそんな重荷を背負わせたくはなかった。

だから、できるだけ早くここを出て、彼とは二度と会うべきではないと思った。

愛していると云ってもらえただけで充分だ。自分の運命にリシャールを引きずり込むわけにはいかなかった。


アイルが侯爵邸に戻って、ひと月が経とうとしていた。

リシャールから一度手紙があって、状況が好転するまでは連絡も控えた方がいいという内容で、アイルもその方がいいと思っていた。

リシャールが自分のために何かしようとしてくれているのかもしれないが、たぶん簡単なことではない。ただ、その気持ちだけで充分だった。

彼が本当に自分を愛してくれていたことを知っただけでも満足していた。これ以上は何も求めない。

側室の候補を外されたとしても、男爵に借金がある以上は自由にはなれない。

恐らく、自分はもうリシャールに会うことは叶わないだろう。どっちに転んでも、自分には彼と一緒に生きていく自由など最初からありはしなかったのだ。

とにかく彼に火の粉が降りかからないように。それだけを願っていた。

骨折も日に日に回復して、杖を使って歩くことにも慣れてきた。

そしてとうとう、その日が来た。

授業が終わると、家庭教師と入れ違いで執事が部屋に入ってきた。

「さきほど侯爵夫人から手紙が届きました」

執事の言葉に、アイルはごくりと唾を呑み込んだ。

どうぞ悪い報せではありませんようにと祈りながら、執事の言葉を待つ。

「残念ですが、側室のお話はなくなりました」

「……」

それが吉報なのか凶報なのかは、アイルにはわからない。もしかしたら、自分とリシャールのことが知られてしまって、それで不適格だと判断されたのかもしれない。もしそうなら何としても言い逃れしなければならないのだ。

「皇太子様はご婚約者であるカテリーナ様を唯一のお相手であることにこだわっておられて、その強いご意思を国王様がお認めになったということのようです。アイル様に問題があるということではありません」

アイルはゆっくりと肩の力を抜いた。それならリシャールに何らかの嫌疑がかかる心配はない、そう思ってほっとしたのだ。

「アイル様の今後ですが、家庭教師にはまだこれから伝えることになっておりますが、少なくとも今月いっぱいは続けてもらうことになりましょう。その後のことはご家族と相談されればよいと」

「…はい」

養父母の答えは最初からわかっている。

「実はハモンド夫人がアイル様の大学進学を勧めておられて、それは侯爵夫人にも伝わっています。もしアイル様が希望されるなら侯爵夫人も力になると仰っておられます」

「え……」

アイルはびっくりした。

侯爵夫人が力になってくださるのなら、もしかしたら養父母を説得できるかもしれない。そんな淡い期待を抱いて、アイルはドキドキしてきた。

「ご実家からお迎えがあると思いますが、それまではこれまでどおり自由にここを使ってくださいとのことです」

そう云うと、執事はじっとアイルを見た。

「……立派になられて。さぞご両親も自慢でしょう」

「……」

「本当によく頑張ってこられました。屋敷の者はみんな、アイル様の努力を知っております。どうぞ私どものことをときには思い出してくださいませ」

いつも厳しい執事だったが、彼の優しい言葉に、アイルは胸がいっぱいになった。

「親切にしていただいたことは一生忘れません。僕が頑張れたのも、みなさんのおかげです。本当にお世話になりました。これまでありがとうございました」

云いながら、涙が溢れてきた。

もしかしたら何もかもうまくいくかもしれない。

借金のことはよくわからないけど、それでも自分で働いて返せるかもしれない。大学に行ってもっとたくさん学べるなんて、そんなことが現実になるかもしれないなんて…。

そして、リシャールとも…。アイルはすっかり有頂天になって、リシャールに手紙を書いた。少しでも早く彼に知らせたかったのだ。

しかしそんな儚い夢は簡単に打ち砕かれた。

思ったより早く、養母が迎えに来たのだ。


「ずいぶんとよくしてもらったようだね。あのみすぼらしい子がねえ」

二人きりの馬車の中で、養母は不快そうな目でアイルを見た。アイルが垢抜けて綺麗になったことが気に入らないようだった。

「大学に進学だって？　ずいぶんと生意気なことを考えるようになったんだね」

鼻で嗤《わら》う養母に、アイルはああやはりと内心溜め息をついた。

ついさっき、執事が家庭教師が推薦してくれるので大学に進学することも考えてはどうかと進言してくれたときは、大袈裟に喜んでこの子を誇りに思うと云っていたが、アイルはそれが彼女の芝居のように思えていたのだ。

「自分じゃ一文も稼げないくせに、どうやって大学に通えると思ってるんだい？」

この国では推薦状のある学生が学費を払う必要はないし、寮生活だと住む場所と食事の心配もないのだが、学問とは無縁なところで生活してきた養母はそんなことを知るはずがなかった。しかしそんなことを説明したら、たちまち彼女の機嫌は悪くなるだろう。

「まあおまえが王宮に入れるはずなどないことは私にはわかっていたよ。神父を誘惑したようにはいかないだろう」

神父様とはそんなんじゃない…そう思ったが、アイルは何も云い返さなかった。彼女に一言でも逆らうとひどい目に遭うことは身に染みて知っている。

「本当はわざわざ迎えになんか来たくなかったけど、男爵から急かされてね」

項垂れるアイルの指先がぴくっと震えた。

「都で悪い虫がつく前にさっさと連れて来いってさ。こうやって馬車まで用意してくれた」

やはりこのまま男爵邸に連れて行かれるのだ。アイルは観念したように固く目を閉じた。

「ありがたい話じゃないか。捨てられたおまえを引き受けてくださるんだから」

アイルの絶望を察して、養母の機嫌はよくなっている。

「うまく男爵に取り入ったら、案外大学くらい行かせてもらえるんじゃないか？　オメガってのは男を誘惑するフェロモンとやらを出すんだろ？　それであの男爵を誑《たぶら》かせばいい」

アイルを追い詰められて、養母は気分がよさそうだ。

「息が臭くて贅肉で首が埋もれたような男でも、貴族は貴族。しかもアルファで金持ちときてる。せいぜい可愛がってもらって、たくさんあの男の子どもを産むんだよ」

アイルは男爵の気持ち悪い笑い顔を思い出して、身震いした。

「うちはおまえのためにたくさんの借金をしなきゃならなかったが、それをあの方が全部引き受けてくださるんだ。せめて子どもを産んで恩返ししなきゃ。そうだろ？」

狭い馬車の中で彼女の機嫌が悪くなったら、困るのは自分だ。なので、アイルは仕方なく小さく頷いた。

「わかってりゃいいんだよ。ちゃんと自分の立場は弁えておくことだ」

養母と二人きりの馬車はこれ以上ないほど気づまりで、アイルはただじっと黙って、彼女の意地悪な話を聞いているしかない。

そのうち話し疲れた養母がうとうとし出して、アイルは少しだけほっとした。

このまま、馬車を飛び下りてどこか遠くに逃げようかと思ったが、まだ杖なしでは歩けない自分はすぐに連れ戻されて、きっともっとひどいことをされるだけだ。

こんなふうに諦めるしかないのだ。

リシャール…。心の中で小さく呼びかける。

きっともう彼に会うことも叶わない。そう思うだけで涙が溢れてきて、アイルは養母に気づかれないようにそっと目元を拭った。

「ステイン夫人、お待ちしておりました」

男爵邸で、青白い顔の執事が彼らを出迎えた。

「生憎、主人は仕事で暫く戻れません。もしよければ、それまで夫人もご滞在くださいとのことです。お部屋も用意させていただいております」

青白く表情のない執事はそれだけで不気味で、さすがの養母も腰が引けている。

「お気遣いありがとうございます。ありがたいお話ですが、亭主が家で待っておりまして。実は先週から腰を悪くしていて、早く帰って面倒を見なければならず、残念ですが今夜は失礼させていただきます」

彼女はこの成金趣味の男爵邸で贅沢を楽しみたい気持ちはあるのだが、夜になるとどこか薄気味悪さを感じていて、夫がいないと積極的に滞在したいとは思っていなかったのだ。

「そうですか。それは残念です」

「では、アイルのことをよろしくお願いいたします」

そう云い残して、そそくさと帰って行った。

執事は一人残されたアイルを一瞥する。

「…ではアイル様、ご案内いたします」

執事に連れて行かれたのは屋敷の奥の薄暗い部屋で、粗末な食事を運ばれると外から鍵をかけられた。

なぜ外から鍵を…？　アイルは一気に不安になった。

その日は一睡もできずに夜を明かした。


男爵が帰宅するまでの数日間、アイルはこの屋敷の奇妙さに気づき始めていた。

使用人たちは誰一人アイルと話をしなかったし、目も合わせなかったのだ。そしてアイルが部屋の外に出ると云うと、ずっと誰かがついてきた。明らかに自分は監視されているのだ。

そして使用人同士の会話は少なくともアイルがいる場ではなく、静まり返っていて、それは不気味ですらあった。

華美な建物とは裏腹に、屋敷中の空気が淀んでいる。

毎晩、アイルは悪夢にうなされた。会ったこともない女性が夢に現れて、助けてくれと懇願するのだ。気づくと自分がその女性に代わっていて、恐ろしい目に遭わされる。助けてくれと叫びそうになると、今度はさっきの女性から、貴方だけは逃げてと背中を押されたところで目が覚める。

そんな夢を毎晩見るのだ。そしてそれがただの夢ではないとアイルが確信したのは、執事が用意したドレスを見たときだった。

「ご主人様がお戻りになられたときには、こちらの衣装をお召しになってくださいませ」

無表情な執事がメイドに運ばせた青色のドレスは、毎晩夢に現れる女性が着ていたものにそっくりだったのだ。彼女はそのドレスを無理矢理脱がされて、少しでも抵抗すると顔が腫れるまで殴られて、男爵に凌辱されていた。

ここにいれば、自分も同じような目に遭わされるということだろうか。夢の女性はそれを警告してくれたのかもしれない。

アイルは、監視の隙をついてこの屋敷を抜け出すことを考えた。

発情期がくるまでに、ここを出るのだ。彼は発情期に自分がどうなるか知っている。熱を持て余して、それを何とかしてくれるアルファがいれば、それが男爵でも身体を開いてしまうかもしれない。

無理矢理ならまだ耐えられる。暴力だと思えば耐えられる。

しかし飢えた自分が、自ら男爵を欲しがってしまうことになるのだけは、どうしても嫌だった。オメガの欲望がそうさせないなどと、そのときになってみないとわからないのだ。

リシャール以外の誰かに、そんなふうになる自分を受け入れるのは無理だと思った。疼きに耐えられなくなって男爵を欲しがって自ら身体を開いてしまったあとに、死んだ方がましだと思っても遅いのだ。

アイルは使用人を油断させて、まんまと屋敷の外に出ることができた。

骨折が完全に癒えておらずにずきずきと足が痛んだが、その足を引きずりながら走った。

絶望的な状況だったにもかかわらず、アイルは妙な開放感を感じていた。自分は自由なのだ。何物からも解き放たれている。

この先に希望など何もないのにそれでも自分は自由だった。

が、その逃走劇は半日ほどで終わることになった。

捕らえられて、地下の部屋に連れて行かれると、鞭を持った執事が待っていた。

「…勝手な真似をされては困りますね」

顔色ひとつ変えずに鞭を振り下ろす。その痛みにアイルは飛び上がった。

まさしく、落馬したときに見たあの夢と同じだ。自分を痛めつけているのは養父ではなく執事だったが、あのときの恐怖と絶望が蘇ってくる。

「逃げようなどとお考えになりませんように。二人目の奥方様がお逃げになったときに、旦那様は怒って足を切断されてしまいました。部屋中に血が飛び散って掃除が大変でした。ほら、そこにまだ染みが残っているでしょう」

変色した床を一瞥する。

「奥方様も息絶えるまで苦しんでおられましたし」

感情の籠らない声で淡々と話されて、アイルは身体の震えが止まらなかった。

自分の人生はこれまでもこれからも自分のものではないのだ。所有者が、養父母から男爵に代わっただけだ。

「男爵は、貴方のご両親にたいそうな金額を支払っておられます。貴方は感謝こそすれ、逃げたり恨んだりするのは筋違いです。貴方がこの婚姻を破棄されるのでしたら、違約金も発生するのでその分も支払うことになりますね」

無表情にそう云うと、その額をアイルに教えた。

その金額の大きさに、アイルは血の気が引いた。仮に自分が教師や弁護士になれたとしても、百年働いても返せない額だった。

「今回はこのくらいにしておきましょう。次は私ではなく旦那様が自ら鞭を使われるでしょうことをお忘れにならないように。そのときはこんなものでは済みませんよ。しっかりとご自分の務めをまっとうなさいませ」

アイルは冷たい石の床に取り残された。

部屋の片隅には薄汚れた子どもが残されて、じっとアイルを監視している。

暫く鞭で打たれた痕がじんじんと痛んで、子どものことを気にする余裕もなかった。しかし痛みが少し落ち着いてくると、今度は子どもの視線が突き刺さる。

彼は片時もアイルから視線を外すことはない。話しかけてみたが、話せないのか、言葉がわからないのか、何の返事も返ってこなかった。

居たたまれなくて、監視に背を向けると汚れた毛布にくるまって横になった。

骨折した足も、打たれた背中も、ずっと痛みは続いた。我慢できないほどの痛みではないが、寝てもすぐに目が覚めてしまう。

幸いクロスはまだアイルの胸にあった。それをぎゅっと握る。

リシャールの顔が浮かんで、涙が溢れてくる。

忘れなきゃ。

そう云い聞かせて、涙を拭いた。


数日後、身体の奥に疼きを覚えてアイルははっとした。

絶望的な気持ちで、唾を呑み込んだ。そう、これはたぶん発情期のそれに違いない。

執事によれば、明日にも男爵は帰宅するらしい。

アイルは発情期がきたことを黙っていたが、監視の子どもがアイルの異変に気づいてしまって、部屋に戻されてしまった。

メイドたちに風呂で入念に汚れを洗い落とされて、あの青いドレスを着せられた。

男爵の帰宅が告げられ、広間に並んで出迎えさせられる。

アイルはそっとチョーカーに触れた。これだけが自分を守ってくれる。たとえ男爵に抱かれたとしても、このチョーカーが番になることを阻止してくれるのだ。

「お帰りなさいませ」

緊張した面持ちのアイルを見るなり、男爵はひくひくと鼻を蠢かして近寄ってくる。

「おお、なんといういやらしい匂いだ。オメガは何人も抱いたが、これほどのフェロモンは初めてだ。これは楽しめそうだ」

何人もの使用人の前だというのに、平然と下品な言葉を吐くと、涎を垂らさんばかりの顔でアイルの匂いを嗅いだ。

「…部屋には近づくでないぞ」

執事にそう云うと、アイルの手を引いて階段を上がる。

アイルはその手を振り解きたかったが、そんなことをしても逆効果でしかないので、何とか耐えた。

男爵の寝室は、趣味は悪いがお金は存分にかかっていた。その中央には天蓋付ベッドが置かれ、アイルはそこに寝るように云われた。

「皇太子には可愛がってもらったのか？　儂は初物しかいただかない主義だが、王室の払い下げとなると話は違ってくる。皇太子のお手つきを味わえるなんて機会は滅多にない」

これ以上ないほど下卑た笑みを浮かべると、男爵は耳元に鼻を押し付けてめいっぱい匂いを嗅いだ。

「おおう、これはいい…」

早くもヒートした男爵からは、アルファの匂いが溢れ出る。

「おまえも欲しいのだろう？」

アルファがオメガのフェロモンに抵抗できないように、オメガもアルファのフェロモンには抵抗できないはずだった。しかし、アイルには男爵のそれは不快でしかなかった。

思わず顔を背けてしまったが、男爵にはそれが欲情を堪えているように受け取られてしまったようだ。

「さあ、儂の番にしてやろう」

そう云うと、アイルのチョーカーに手をかける。

アイルはぎゅっと目を閉じた。

「ん？　なんだ、これは…」

頑丈な革で作られたチョーカーにはちょっとした細工がされていて、アイルの華奢な小指でしかロックが外せなくなっているのだ。

チョーカーが外せないことに苛ついた男爵は、ナイフでそれを切断しようとしたが、まったく歯が立たない。

アイルは祈るような気持ちだった。

この男の番にされるなんて、耐えられない。番にされるということは、生涯この男にしか欲情しなくなるということなのだ。

「ええい、苛々する……！」

そう叫んで、力任せに革を裂こうとしている男爵の手が、ふと止まった。

廊下から使用人たちの怒鳴り声が聞こえてきたからだ。

「なにごとじゃ……」

男爵は不審に思って扉に向かう。

自由になったアイルは、衝動的に寝台から転がり降りた。まだ癒えていない足がずきりと痛んだが、歯を食いしばってそれを堪えると、あたりを見回して重そうな花瓶を見つけた。駆け寄ってそれを持ち上げると、渾身の力で窓めがけて投げつけた。

ガラスの割れる派手な音がして、男爵がアイルを振り返ったのと、誰かが部屋に飛び込んできたのは同時だった。

「…アイル！」

毛布をクッション代わりにして窓から飛び降りようとしていたアイルは、その声に慌てて振り返った。

「…リシャール…？」

呆然と立ち尽くす男爵の横をすり抜けて、リシャールはアイルに駆け寄る。

「無事か？」

アイルを抱き締める。

「だ、誰か！　曲者《くせもの》じゃ！」

男爵の怒鳴り声に姿を現したのは、リシャールの部下だった。

彼は護衛代わりの二人の使用人の襟を掴んで、ずるずると寝室に引きずってきて、男爵に突き出した。

「いったい何者……」

男爵の顔色が変わっている。

リシャールはにっこりと微笑むと、剣を腰の鞘に収めて、アイルを片腕に抱いたまま優雅に一礼して見せた。

「リシャール・クロイツ。アイルを取り返しに来た」

「アイルをだと？」

「彼は私の番になるので、貴殿には渡せない」

男爵の表情が醜く歪んだ。

「何を勝手なことを云っておる。こんなことをしてただで済むと…」

「ガラスの修理代はこちらで持ちましょう」

しれっと返したリシャールを男爵は睨みつけていたが、突然笑い出した。

「修理代だけで済めばいいがな」

「いい業者を知っておりますので、見積もりさせましょう」

男爵はゲラゲラ笑っている。

「おまえは知らんようだが、儂はこのオメガには大金を払っておる。これの親に儂がいくら貸しているると思っている」

その言葉に、アイルは我に返った。

「それがおまえに払えるのか？」

「払えると云ったら？」

リシャールの言葉をアイルが止めた。

「そ、そんなことさせられません」

このままでは取り返しのつかないことになる。男爵がリシャールを訴えでもしたら…。自分のためにリシャールが罪に問われることになるなんて耐えられなかった。自分が犠牲になればいいのだ。自分はそういうことには慣れている。そんな思いをするのは自分だけでいい。

「このことはすべて僕が企んだことです。リシャールは僕が頼んだとおりのことを…」

必死で自分を庇おうとするアイルが最後まで云う前に、リシャールは部下に合図をした。

「カント、あれを」

部下は頷くと、鞄から紙幣の束を取り出して、どさりと床に投げ出した。

「足りない分はすぐに届けさせる。文句はあるか？」

男爵は信じられないようなものを見る目でそれを見ていた。そして、それはアイルも同じだった。

「これはいったい……」

アイルがそう云いかけたとき、これまでずっと無表情だった執事が、慌てふためいて叫びながら部屋に駆け込んできた。

「だ、旦那様！　大変です。表に王宮警察が・・」

「王宮…警察だと？」

男爵はさっきまでの高笑いを引っ込めて、慌て始めた。

「な、何かの間違いだ」

「しかし、旦那様に殺人の容疑がかかっていると…」

男爵の目が見開かれる。

「さ、殺人…？」

「…ようやっと着いたか」

リシャールはアイルにだけ聞こえる声でぼそりと云うと、コートを脱いでアイルに着せた。

「ハリントンに使いを出せ。こんなこと、許されるわけが…」

云いかけた男爵の目が、戸口に向けられる。そこには制服を着た警官の姿があった。

「男爵、夜分に失礼いたします。王宮警察、第一隊隊長のフロークです」

凛とした声が部屋に響く。

「こちらのお屋敷で起こったいくつかの不審死に関して、男爵からお話を伺う必要が出てきました。是非とも捜査にご協力をお願いいいたします」

男爵はフロークの言葉に驚くこともなく、不満そうに鼻を鳴らす。その傍らで、リシャールに気づいたフロークがそっと目礼した。

「そんなものは知らん。たかが隊長の分際で儂をどうこうできると思うな。その件ならハリントン本部長に聞くといい。それよりも、警官ならそこに居る賊を捕らえるのが先だ。この男は屋敷に侵入して、うちの使用人に怪我をさせ、しかも私の婚約者を誘拐しようとしたのだ。大勢の者が目撃しておる」

アイルは、リシャールが自分のために罪を犯したことに今になって気づいて震え上がった。自分のせいでリシャールが犯罪者になるなんて…。

「隊長どの、このことは…」

アイルが震える声で説明しようとするのを、リシャールがそっと口を覆った。

「アイル、大丈夫。ここは私に任せて」

アイルにだけ聞こえる声で囁く。

「それは別件で調べるとしましょう」

振り返って部下の一人に声をかけると、一人の警官がリシャールの前に進み出た。

「ご同行願います。そちらの方も」

リシャールは黙って頷くと、アイルの手を握った。

「なぜ、そのオメガも連れていくのだ？　それは儂のもので…」

云いかけた男爵の言葉を、隊長が遮った。

「その方は目撃者ですので、話を聞かなければなりません。他の方にもご協力願います」

「話など聞く必要はない。儂が云っていることがすべて真実だ」

男爵がふんぞり返る。隊長はそれに反論することもなく、しかし淡々と続けた。

「男爵、云い遅れましたが、ハリントン前本部長は賄賂の疑いで取り調べ中です。既に役職は解かれ、我々の捜査に口出しできる立場ではありません」

「なに……？」

男爵はポカンと口を開けたまま、二の句が継げないようだ。

「男爵からも、多額の賄賂を受け取っていたことは既に認めていることも付け加えておきましょう」

男爵の顔が蒼《あお》くなっていく。

部屋を出るなり、リシャールたちを連行しようとした警官が振り返って敬礼した。

「クロイツさん、ご協力感謝いたします」

「え……」

アイルは混乱した目でリシャールを見る。

玄関まで来ると、使用人たちの逃亡に備えた警官が数人残っていて、その中に作業着を着たカント以外のリシャールの部下の姿もあった。

アイルにはもうまったく状況が呑み込めない。

「カント、後を任せていいか」

「了解いたしました」

リシャールは、アイルを抱き上げて馬に乗せると、自分もその後ろに飛び乗った。

「それじゃあよろしく頼む」

「はい。明日、ご報告にあがります」

リシャールは手綱を引くと、ゆっくりと馬を進めた。

「…あ、あの、これはどういう……」

アイルは背後に首を回すと、不安そうに聞いた。状況はわからないままで、リシャールに迷惑がかかるのではないかとそれが気がかりだった。

「きみは自由の身になったってことだ」

「でも、あのお金…。もし誰かに借りたのだとしたら…」

「心配しなくていい。あのくらいの金ならいつでも都合できる」

「は…？」

「これでもそこそこの資産はあるから…」

アイルは口が開いたまま、その言葉の意味がよく理解できないようだった。

「それに、恐らくあの金は戻ってくるだろう」

「戻ってくる?」

「受け取り手がいないからな。男爵が釈放される見込みは限りなく低い」

男爵はこれまで五人の妻を娶ったが、そのうち二人は病死していて、残りは行方不明になっていた。遺族が警察に訴えていたが、男爵は本部長に口止め料を払っていたため、これまで明るみに出なかったのだ。

アイルは震えながらリシャールの話を聞いていた。

「元の使用人からもそういう証言は得ているようだ。屋敷を調べたら証拠はいくらでも出てくるだろう。行方不明になった使用人もいるらしく、犠牲者は妻だけではないようだ」

アイルは自分も被害者になったかもしれないと思うと、足元が震えてくる。さんざんいたぶられた末に死ぬなんて、あまりにもむごい。

「間に合ってよかった。ほんとに…」

リシャールはそう云うと、後ろからきつく抱き締めた。

「リシャール…。助けてくれて、ありがとう…ございます」

「無事でよかった」

アイルは何度も頷いた。

リシャールの腕の中は心から安心できて、それを意識すると身体の奥に火が点いた。

さっきまでパニックのせいでフェロモンの発露が一時的に止まっていたが、ほっとしたのとリシャールと身体を密着しているせいか、再びアイルの発情が始まったのだ。

それに気づいたリシャールは、馬に合図をして駆けさせる。

「星が綺麗だな…」

リシャールの言葉に、アイルも空を見上げる。

夢のようだった。そのまま馬が加速して空を跳んでいくような、そんな気になるほどの自由を感じた。

実は何もかもが夢なのかもしれない。

側室候補だったことも、侯爵邸にいたことも。そして、リシャールに出会ったことも。

この夢が覚めたら、自分はあの小さい村の養父母の家にいるのかもしれない。そのくらい、現実味がない。

それでも背中に感じる温もりが、夢ではないことを伝えてくれる。

「リシャール…」

風に遮られるほどの小さな声で呟いてみる。が、それはちゃんとリシャールには届いていた。

「そろそろ着くはずだ。寒くないか?」

アイルはふるふると首を振ったが、自分がリシャールのコートを借りていることに今更のように気づく。

「リシャールは…」

「平気だ。それに、今はこのくらいの方がいい…」

リシャールはとっくにアイルのフェロモンにあてられていたのだ。

その言葉の意味に気づいたアイルは真っ赤になった。身体の奥深くが、リシャールを求めているのだ。アルファではなく、リシャール自身を。彼を求める疼きと熱さに、自分も風が心地よかった。

更に走ると、街道沿いに小さく灯りが見えてきた。

そこは貴族や豪商専用の宿で、リシャールを出迎えた宿の主人は、作業着姿のリシャールやドレスの上にコートを羽織っているアイルに眉をひそめることもなく、上品な物腰で対応してくれた。

「ご要望どおり、この棟は貸し切りにさせていただいております」

そう云うと、一番広い部屋にリシャールたちを案内した。

「か、貸し切りって…」

アイルは不安そうにリシャールを見上げる。そんなアイルをリシャールは抱き上げると、部屋に入った。

「鍵はこちらに…。軽食とワインを用意しております。他に何か入用なものがあればいつでもお呼びください」

「ありがとう」

リシャールは微笑むと、アイルをベッドに降ろした。

「わ…！」

主人はそんな二人を見ないふりをすると、そっと部屋を出て行った。

「もう我慢の限界だ…」

アイルの指の自分の指をからませてシーツに押し付けると、思うさまアイルの唇を味わった。

「すごいな…。噎せるようだ」

リシャールは肩口に鼻を埋めて、アイルのフェロモンを堪能する。

同じことをされたときに、相手が男爵だと吐きそうに不快だったが、今はそうされることが恥ずかしくも嬉しくて、ぞくぞくしてきてしまう。自分のフェロモンでリシャールが興奮してヒート状態に陥っていることに、幸福を感じた。

「リシャール…」

甘えるような声で誘っていた。

発情期のたびにこの疼きを持て余していた。何度自分で慰めても、満足することのない飢えを、リシャールが満たしてくれる。そう思うだけで、たまらなく幸せだ。

アイルがキスに夢中になっているときに、気付いたら趣味の悪いドレスはすっかり脱がされていた。

部屋の薄明かりに照らされたアイルの裸体を、リシャールが感じ入ったように眺める。

「陶器のように滑らかな肌だな…」

上気してピンクがかったアイルの胸を大きな掌が撫で上げていく。それだけでアイルは熱い息を漏らした。

「可愛いな…」

膝を割って入ってきた指が奥に埋まる。

「滴ってるよ…」

指が中で蠢くたびに、溢れる愛液がいやらしい音を立てる。それが恥ずかしくて、アイルは目をきゅっと閉じた。

焦らさないで…そう云いたかったが、そんなことまだ云えない。

「もう限界だな…」

吐息交じりに呟いて、リシャールは自分の屹立するものの先端をアイルの後ろに当てた。そこはリシャールを待ちかねたように吸い付いてきて、更に煽るように濃いフェロモンを溢れさせた。

「アイル…」

掠れた声で彼を呼ぶと、先を潜り込ませる。

「あ……んっ」

更に腰を突き入れる。アイルの中が少し緩んで、奥深くまで迎え入れた。

「ああっ……！」

気持ちよさそうに声が上がる。

アイルの内壁は吸い付くようにリシャールのペニスを締め付ける。うねるような締め付けに、リシャールの眉根が寄る。

経験が殆どないアイルだったが、オメガの身体は既に本能的に知っているのだ。

「アイル……」

経験はそれなりに多かったリシャールだったが、それでもオメガの本能にリシャールも翻弄されかかっていた。

深く出し入れするたびに、アイルの内壁が緩くきつく締め付けてくる。

「あ、…リシャール……！　あ、いいっ……

アイルも乱れに乱れて、ひときわ深く貫かれたときに、濡れた声を上げてイった。

そしてリシャールもほぼ同時に、ぶるっと身体を震わせてペニスを引き抜くと、アイルの内股を濡らした。

「…まだ足りないな」

アイルの潤んだ瞳を覗き込むと、リシャールは再び彼を組み敷いた。

まだ硬度を失っていないものをアイルの愛液が滴る部分に埋める。それを易々と呑み込むと、自ら腰を使い始める。熱に浮かされてしまって、思考が飛んでしまっているのだ。

何度も突き上げられて、そのたびにアイルは満たされた。

そして、何度目かの絶頂のときに、アイルは目の前がスパークしたように強い光が差して、強い眩暈と共にそのまま気を失った。


目が覚めたとき、アイルは自分がどこにいるのかすぐにわからなかった。

ゆっくりと首を回すと、隣にはリシャールの姿があった。

「リシャール…?」

小さな声で呼びかけると、すぐに彼の顔に微笑みが浮かんだ。

「起きたか。お腹が減ってるだろう。それとも先に風呂を使うか？」

頭はまだぼんやりしていたが、それでもみるみる幸福感が全身を満たす。

「お、おはようございます」

「うん。もう昼だけどね」

「えっ……！」

驚くアイルの唇に優しくキスをする。

「とりあえず風呂の用意をしてもらうか」

人を呼ぶために立ち上がったリシャールを追って、自分もベッドを出ようとしたが膝から下に力が入らずにその場に崩れた。

「な、なにこれ……」

リシャールはアイルを抱き起してやりながら、思わず苦笑してしまう。

「ちょっとやりすぎたかな。きみがあんまり可愛くてさ」

アイルはその言葉に恥ずかしくて首まで赤くなったが、リシャールからいい匂いがしてきて、そわそわしてきてしまう。

「…また欲しくなってる？」

アイルは慌てて首を振ったが、リシャールがすぐ傍にいるだけで落ち着かないのだ。

「でも、やらしい匂いがしてる」

「そ、そんな……」

「隠さなくていい。いくらでも満足させてあげるよ」

リシャールも既にアイルのフェロモンで臨戦態勢だ。

「発情期なんだから、むしろ自然だよ」

「で、でも、…お仕事は……」

「現場は計画通りに回っているから、必ずしも私がいなくても問題ない。ここでできる仕事もあるから、気にしなくていい」

そう云うと、起きたばかりのアイルを引き寄せて、濃厚なキスをする。

「あ……」

昨日あれほど何度も求め合ったのに、アイルはまた再び熱に浮かされたようにリシャールを欲しがってしまう。

リシャールのものを深々と受け入れて、アイルは短い嬌声を上げた。

ようやっとアイルの火照りが収まると、リシャールはグラスに水を注いで飲み干した。そしてアイルにもグラスを差し出す。

「これは今朝届いた調査書だ。きみの実家であるマーモット家のことが詳しく書かれている。

あとで読むといい」

「僕の…？」

「そう。きみの本当の実家は元々は貴族で、王室とも繋がりあった。それゆえ、男のオメガが誕生すると保護を名目に王室から養育費が支払われることは聞いているか？」

ややあって、アイルは首を振った。リシャールからは表情は見えなかったが、困惑していることは容易に想像できる。

「ステイン夫妻はきみに支払われる養育費を手にしていたが、どうやらきみのためには使っていなかった。その上、男爵から婚約の支度金やら何やらを受け取って、自分たちの贅沢のために使っていた」

静かな声だったが、強い憤りが感じられた。

「ラスティ神父が、ステイン夫妻の贅沢ぶりを教えてくれたよ」

「…神父さまが……」

「きみのことを心配していた」

アイルは、込み上げてくるものを抑えることができなかった。

「あのクロスは神父にもらった？」

アイルは鼻を啜りながら頷く。

「ということは、彼が私たちを結びつけてくれたのかもな」

アイルははっとしてリシャールを見る。

そのとおりだ。あのときクロスを落とさなかったら……。そして鎖が切れなかったら、お互いに気づくこともなかったのかもしれない。

「ステイン夫妻は今頃取り調べを受けているんじゃないかな。王室からの費用を目的外に使ったことでお咎めを受けることになるだろうし、返還を求められるはずだ。王室を欺いた罪はそれなりに重い。罰金だけでは済むまい」

「……」

アイルはそんな養父母に同情する気持ちは湧かなかった。だからといって、天罰が下ったのだとも思えなかった。ただ憐れだった。

憎んだり恨んだりしたことはない。ただ恐怖の対象だった。彼らを怒らせてはいけない、それだけを思っていた。

「ステイン夫妻がきみの親族というのも嘘のようだ。養育費を目当てに役所が混乱してるときにきみを養子にしたようだな。嘘の申告をしたことも罪に当たるはずだ」

親族ではなかったと聞いて、どこかほっとした。彼らと血の繋がりはなかったのだ。

「きみが小さい頃から家の仕事をさせていたことも聞いている。私は彼らを許すべきではないと思っているが、それでももしきみが彼らの減刑を望むのであれば…」

黙って聞いていたアイルが急いで首を振った。

「僕は…。もうあの人たちとは関わり合いになりたくない…」

そう云って唇を噛んだ。

小さいアイルを下男のようにこき使った。働きが足りないからと食べ物もろくに与えられなかった。気に入らないことがあると理由もなく殴られた。あの辛い日々が蘇ってきて、身体が震えた。そんなアイルを後ろからぎゅっと抱きしめた。

「わかった。私もそれがいいと思う」

「……」

「これからは私がきみを守るよ」

「…リシャール……」

これ以上ないほどの安堵感で、アイルは生まれて初めて誰かに守られていることを実感した。

「きみは私のものだ。誰にも渡さない」

囁かれて、頭の芯が痺れた。

「きみの実のご両親のことを知っている人たちを探してもらっている。もちろん、きみが知りたければばだけど」

「知りたい、です…」

母や父のことを知っている人がいるなんて。そしてそれをリシャールが探してくれていることに、アイルは嬉しくて涙が溢れてきた。

「…ありがとうございます」

ずっと一人ぼっちだと思っていた。自分が誕生したことの意味を知る日がくるなんて、想像したことすらなかった。そしてそれがアイルにとってどれほど大事なことかを理解してくれているリシャールが、愛しくてたまらない。

アイルはずっと着けていたチョーカーを外した。

「アイル…」

そして、自分からリシャールにキスをした。

彼の番になりたい。それを言葉にすることはできなかったが、リシャールにはもちろん伝わっていた。

「最初会ったときに、本能できみが私の相手だとわかった。でもそれを口にすると胡散臭いだけなので黙っていた」

「リシャール…」

「愛してる。一生、大切にすると誓うよ」

囁いて、口づけた。

アイルは嬉しくて、涙が止まらない。そんなアイルの涙を舌で拭い取る。

幸せすぎて、これまで以上に濃いフェロモンがリシャールを誘う。そしてアイルが絶頂を迎えた瞬間に、リシャールはアイルの首に歯を立てた。

「あ……」

思ったほどの痛みはなく、ただ強い眩暈に襲われた。

「…私のものだ」

再び、力強く抱き締められる。

あとのことは何も覚えていなかった。


アイルが落ち着いたので、二人は宿を出発することにした。それに合わせて、新しい衣装が届けられた。

それはアイルにとっては初めてのブラックフォーマルだった。

そして、既にリシャールもブラックフォーマルを着用していて、それが素敵すぎてアイルは思わず見惚れてしまう。

「今日はこれから人と会うことになっている」

もしかして、リシャールのご両親に紹介されるのではとアイルは緊張しつつ絹のブラウスに袖を通した。襟と袖口が高級なレース仕立てになっていて、黒いスーツに華やかな印象を与えてくれる。

「きみも会ったことがある人だよ」

「え…、誰ですか？」

「それは会ってからのお楽しみってことで」

リシャールは悪戯っぽく微笑むと、アイルのタイを結んでやる。

少し不安になりながらも、リシャールと宿を出ると、二頭立ての立派な馬車が二人を待っていた。

「これは…」

発情期のせいですっかり忘れていたが、彼はあれだけの額をぽんと払えるだけの資産を持っている貴族なのだ。作業着を着ているときから、彼の立ち振る舞いは洗練されていて、貴族のそれだった。そしてそれは、上等のスーツを着るとより映える。

「あ、あの……」

身分違いという言葉がアイルの頭を過る。が、リシャールはそんな不安を払拭するような笑みを浮かべていた。

「説明するよりも実際に会った方が話が早い」

そう云うと、アイルの手をとって馬車に導く。

「急ぎの仕事が溜まっていて…。書類に目を通しておきたいんだけど、いいかな」

分厚い書類の束を見せて溜め息をつく。

「も、もちろん。僕にも何か手伝えることがあれば…」

発情期にずっと付き合わせてしまったせいで仕事が遅れているのだろうと思うと、アイルも何かしらしないではいられなかった。

「それじゃあこの報告書を要約してもらえるとありがたいなあ。記録として残しておかなければならないのはわかるが、全体を把握するには詳細すぎて読むのに時間がかかってしまう。あと字が癖がありすぎて…」

「わかりました。何とかまとめてみます」

アイルは目を輝かせて書類を受け取った。自分がリシャールの仕事の役に立てることが純粋に嬉しかったのだ。

二人で仕事にいそしんでいるうちに、馬車は都に入って王宮の門で一旦止まった。門番が通行証を確認すると、馬車は再び動き出す。

アイルは王宮に入ったことがなかったので、単に立派なお屋敷だとしか思わなかった。しかしリシャールの方は書類を片付けて、改めてタイを締め直した。そしてアイルの衣装もチェックしてくれる。

「ここは初めて？」

「そうです。ずいぶんと立派なお屋敷のようですが…」

「心配しないで」

にこっと笑うと、屋敷の前で馬車を降りた。

アイルが降りるのを確認すると、腕を差し出す。

「え…」

少し躊躇したが、それでもアイルはリシャールの腕に自分の手を置いて、彼に寄り添った。

大きな扉の前までくると、すぐにそれは開かれて、ずらりと並んだ使用人たちが一斉にお辞儀をした。

「やあ、リシャール、待っていたよ」

そこには、傍らにカテリーナを伴った皇太子の姿があった。

皇太子はリシャールと握手をかわすと、アイルに視線を向けた。

「アイル、久しぶりだね」

「ミ、ミシェル様……」

アイルは驚きすぎて、言葉が出なかった。

「私の我がままのせいで、きみを振り回すことになってしまって悪かったと思っている」

「え、いえ…」

「彼女は私の婚約者のカテリーナだ。彼女のことを父上にもわかってもらいたくて…。けどそのせいできみをずっと不安定な立場に置いてしまったことを反省している」

「そ、そんな…」

皇太子に詫びられて、アイルは焦った。しかしそれよりも何よりも、リシャールが皇太子と親しかったとは…。

焦るアイルに、聖母のようなカテリーナが声をかけてくれる。そんな彼女にぎこちない挨拶を返すのがやっとだった。

「アイル、実はミシェルは私の腹違いの兄なんだ」

さらっと云われて、アイルは何か聞き違いなのかと思った。

「え、今なんて…?」

そんな二人を見て、ミシェルが呆れたようにリシャールを一瞥した。

「なんだ、まだ話してなかったのか」

「まあ、いろいろあってね。きみに会わせてからが一番いいと思ったんだ」

皇太子と親しげに話すリシャールを、アイルは口をポカンと開けたまま凝視していた。

「リシャールは公の場には殆ど出てないからな。ここでも知ってる人はそう多くはない。カテリーナは別だが」

「リシャール、久しぶりにお会いできて嬉しいわ」

「私も。またより一層美しくなられて」

リシャールはカテリーナの手をとって、うやうやしく唇に当てた。

そんなやりとりを、アイルはぽかんとした顔で見ていたが、とうとう耐え切れなくなって叫んだ。

「きょ、兄弟?」

その声のトーンがあまりにもその場に似つかわしくなくて、三人が同時にアイルを見た。

「ど、どういうことですか？」

「どういうと云われても、言葉どおりだが……」

「リシャール、そういう云い方はよくない」

ミシェルは異母弟に釘を刺すと、穏やかな声でアイルに説明した。

「私たちはそれぞれ母上は違うが、どちらも国王である父上の血を引いている」

アイルはパニックしたように、二人の顔を交互に見た。

「国王の……」

「黙ってて悪かった。公にしていないことなのでカールたちも知らないことだ。爵位も王位継承権も持たない」

「爵位はリシャールが望みさえすればいつでも与えられるけどね」

確かに最初会ったときから、ちょっとした立ち振る舞いが洗練されすぎていると思っていた。ただの貴族ではない、王族だったのだ。

その王族であるリシャールと自分が番になってしまったなんて…。それも側室とは違う、生涯のパートナーとしてだ。

「こんなところで立ち話もないな。お茶でも飲みながら話そう」

混乱するアイルを気遣って、ミシェルは二人を中庭に案内した。

「リシャールの仕事ぶりは、貴族議員の間でも評判になっている。少々強引なところすらも含めて高い評価を受けているようだ。今後、私の力添えが必要なことがあればいつでも相談してくれ」

「ありがとう。今のところはその必要はなさそうだ。最後の切り札としてとっておくよ」

異母兄弟とはいえ同じ年に生まれたせいで、二人は対等な立場で話をしていた。それは二人が幼少のころからよい遊び相手で、その後も皇太子がその関係を続けることを望んだからでもあるのだ。

「若い議員とはいい関係を築いているようだな」

「役所の云うとおりにしていたらいつまでも計画が進まないこともある。そういうときは議員の口添えが役に立つ。議員にとっては計画が進むことに協力したことが自分の実績にもなるからね」

二人の話を興味深く聞きながらも、アイルはまだこの状況が夢の続きのようで、現実のものとは思えずにいた。

「そうそう、アイルの家庭教師から大学の推薦状を預かっている。希望するならこちらで手続きしておこう。途中編入になるが、それなりの配慮をしてもらえるだろう」

「え……」

急に話をふられて、アイルは慌てて顔を上げた。

すっかり諦めていたのだが、自分が大学に行けるとは。

「一年足らずで驚くほどたくさんのことを習得したと聞いている。今後も励むといい」

「あ、ありがとうございます」

アイルは頰を上気させてミシェルにお礼を云った。

「よかったな」

リシャールがそっと耳打ちする。幸せすぎて、逆に不安になってしまう。

ふわふわした足取りで馬車まで向かうと、アイルはそこに佇んでいた馭者を見てはっとした。

「カント、さん？」

馭者は微笑んで、頭を下げた。

朝は緊張していて、馭者の顔まで見ていなかったのだ。というよりも、それ以前の問題として、なぜ男爵邸にリシャールの部下たちがいたのかに疑問を持つ余裕すらなかった。馬で馬車に付き従っているのがリシャールの部下たちであることも、このときに気づいた。

「なんでカントさんが…」

「ああ、彼らは王室から派遣された私の護衛なんだ」

「護衛…」

「どうせならと、彼らには技術者の資格をとって私の部下にもなってもらっている」

「……」

アイルは朝からずっと驚いてばかりだ。

王宮を後にすると、馬車はほどなくしてリシャールの屋敷に着いた。

皇太子の異母兄弟の住居にしてはかなりこぢんまりしていたが、それでも五人の使用人がいて、二人を出迎えてくれた。

「一人暮らしにしては少々贅沢だと思っていたが、二人ならちょうどいいんじゃないかな。もちろんきみがもっと広いところがいいようなら……」

アイルは慌てて首を振った。

「いいえ、充分です。何なら、僕がお掃除もやりますから……」

節約を提案しようとするアイルに、リシャールは苦笑してしまった。

「アイル、きみは勉強に専念しなければ。お金のことは心配しなくていい」

「でも……」

「私は成人したときに王室から財産贈与を受けているんだ。母方の祖父母からも資産を一部譲り受けている。そんなわけで、金にはまあまあ困らない身分だ」

アイルは目を丸くした。

「なので、将来私たちに子どもができてもっと広い屋敷に移り住むこともまったく問題ない」

私たちの子ども……。

そうだ、自分はこの人と番になったのだ。そして彼と家庭を築いていくのだ。

今は幸福を感じるよりも戸惑いの方が上回っていたが、それでも今ここにいるリシャールを信じてついていきたいとも思えてきた。

「母は国王の愛人だったが、外国人だった上に私を産んだあとに結婚したこともあって、私の存在は不安定なものになった。アルファだとわかった後は、後継者争いに巻き込まれないように、王宮からは距離を置いて爵位も望まないことを選択した。まあ私にとってはその方が気楽でよかったわけだが」

リシャールは、アイルを側室候補から外すためにミシェルの意向を確認して、そして父である国王に交渉を持ちかけた。

「国王は、過去にマーモット家の男性オメガが王室の危機を救ってくれたことにこだわっている。実際、ここ何代かの国王は王妃との間にアルファの子が持てずにいた。それは王妃に選ばれるのが王族に近い有力貴族の娘だったからのようで、そのことを回避するために何人もの側室を持つことになったのだ。先代の国王から王妃を王族と血縁関係のない地方の貴族から娶ることにしたくらい、跡継ぎ問題は深刻なんだよ」

それでも、そもそも貴族社会では身分の高い者ほどアルファ同士の婚姻を望むせいで、子どもを持ちにくくなっていた。近い血縁同士の婚姻が繰り返されることで、繁殖能力が劣ってしまうのだと考えられている。

「今の王妃がミシェルを産むことができたのはラッキーだったが、それでも彼女と国王との子でアルファは彼だけだ。国王はミシェルに何かあったときのために、自分の血縁を受け継ぐアルファの子を産ませるために何人もの側室を迎えた。中には私のように愛人に産ませた子もいる。そうまでして何とかアルファの子を求めたというのに、ミシェルは従妹のカテリーナと結婚したいと云い出したわけだ」

そこにマーモット家の男性オメガが登場したわけで。国王が何としてもアイルを皇太子の側室にしようと考えるのは当然と云えば当然だ。

「そんな状況で、側室を置かないことに国王がよく納得してくれたなと思わないか？」

「…思います」

「だよね。実は国王から、ある条件を出された」

「……」

「ミシェルとカテリーナとの間にアルファの子が持てなかったとき、私ときみの間にできたアルファの子を彼らの養子にしたいと」

「養子…」

「とりあえず、私は一旦その条件を呑むことにした。そうじゃないと、この複雑な状況を回避できないと思ったから。事態は切羽詰まっていたからな。けど、きみがどうしても納得できないのなら、撤回しようと思ってる」

そんなことができるんだろうかとアイルは思った。できたとしても、リシャールの立場が悪くなったりするかもしれない。

それよりも何よりも、自分はそもそもそれが目的で側室の候補とされていたのだ。子どもを産んだところで、それを自分が育てることもなかったはずだ。そのことに大きな疑問も感じなかった。ほんの少し前まで、自分に選択肢などなかったし、男爵に売られていた身の上だ。

そんな自分のことを知った上で、リシャールはそれでも自分を気遣ってくれている。

「きみの気持ちが一番大事だ。産むのはきみなんだから、きみの気持ちが最優先だ」

アイルは胸がいっぱいになった。

突然のことばかりで気持ちがついていかないが、それでもリシャールがこれほどまでに自分のことを大事に考えてくれているのは強く伝わっていた。

「このことはよく考えればいい。その上で……」

「僕、構いません」

「え……」

アイルの即答に、逆にリシャールが躊躇した。

「だって、それで皆が幸せになれるなら、きっとそれが一番いいことなんです。僕の先祖もそう思ったはずです」

「アイル…」

「でもできれば…、一人でも僕たちで育てられたら……」

「当たり前だろ。最初の子は私たちの子だ。それは国王もわかっておられる。その上での話だ」

リシャールはきっぱりと云った。

「それに男のオメガにとって出産がどれくらいの負担になるのか、私もあまりよく知らない。だから負担が大きいようなら、そんな話はなかったことにしてもらう」

アイルは嬉しくて、初めて自分からぎゅっと彼に抱きついた。

「…こんなふうに気遣ってもらえたの、初めてです」

「アイル…」

「でも僕も誰かの役に立ちたいんです」

リシャールは目を細めると、そんなアイルを抱き締めて、そして口づけた。

じんわりと、身体中を幸せが包み込んでいった。


あれから暫くたって、アイルは大学に通い始めた。

週末は必ず屋敷に帰ることを条件に、リシャールはしぶしぶアイルの寮生活を認めた。

リシャール自身、仕事中心の生活で出張も多いため、毎日屋敷に戻るわけではない。それなのにアイルにだけそれを強いるのは可哀想だと思ったのだ。

リシャールはアイルに悪い虫がつくことを心配していたわけだが、そんな心配をよそにアイルはいつかリシャールの役に立てるようにと、学友たちからの遊びの誘いを断って、講義のあとは遅くまで図書館で過ごしていた。


「リシャール様、例の報告書が届いております」

部下でありリシャールの護衛でもあるカントが差し出した書類は、男爵とアイルの養父母に関する詳細な記録だった。

男爵の屋敷では、元妻以外にも何人かの使用人たちが行方不明になっていた。執事や使用人たちの事情聴取で、敷地内に遺体を埋めたことが判明し、掘り返してみたところ何体もの白骨死体が見つかった。

言い逃れができないと悟った男爵は、誰も自分の子を身籠らなかったからだと云い放った。子宝を設けるために妻の親には多額の持参金を支払ったのだから、妻は自分の持ち物でありどう扱おうが自分の自由であると。本気でそのように思っているらしかった。

そもそも何人ものオメガが妊娠しなかったということは、男爵が不妊症であったと考える方が自然だが、不妊は女側だけの問題であると思い込んでいるようだった。

その残虐さに、取調官も裁判官も死罪を言い渡すしかなかった。

一方で、養育費の目的外使用に関して取り調べを受けていたステイン夫妻は、一貫してその容疑を否定していた。これまで口八丁で生きてきていて、役人も言いくるめられると高を括っていたようだ。

しかし王宮の調査官はそれほど甘いわけではなかった。

神父や元使用人の証言は充分に信用に足るものだったし、学校に通わせていた記録は一切なく、アイルのために購入したとする洋服や書籍などの記録はすべてでっち上げだったことも突き止めた。

二人はそれでも言い訳を続けたが、しだいに旗色が悪くなっていくことに気づいたのか、口を噤み始めた。

聞き取り調査が長時間に及んでいたため、取調官は一旦彼らを二人にきりにして部屋を出ることにした。

『…まずいな。よく調べてやがる』

ステインは小声で妻に話しかける。

『あんたがよけいなことを云うから。黙っていれば言い逃れられたわよ』

『おまえもだろ。家庭教師をつけていたなんて、そんなすぐバレる嘘を…』

『そんなの、誰か適当に雇って偽の証言をしてもらったらいいのよ』

『そんなうまくいくかよ』

二人は罵り合いを始めた。が、暫くして二人でいがみ合っていても仕方ないことに気づいたようだ。

『済んだことは仕方ない。とりあえず畑を売って返すか。全部売れば返せるだろう』

『…ねえ、さっき男爵が殺人容疑で逮捕されたって云ってたわよね。ってことは、男爵から貰ったお金は返さなくていいってこと？』

実は、取調官は雑談の合い間にそれとなく二人に男爵の話をしていたのだ。

『ああ、どうやらそのようだ。まだまだ運には見離されていないってことだな』

二人は取調室でほくそ笑んだ。すぐ隣の部屋で聞き耳をたてている捜査官がいることも知らずに。

『そうよね。またアイルを男爵みたいな金持ち貴族に嫁がせて、支度金をたんまり用意してもらいましょうよ』

『皇太子の側室候補だって聞いたら、大金払いそうな貴族が大勢いそうだ』

『貴族よりも豪商の方が羽振りはいいはずよ』

二人はまだアイルを利用できると思い込んでいる。

「…愚か者めが……」

黙って報告書を読んでいたリシャールは、吐き出すように云った。

二人は使い込んだ養育費を返還すればそれで済むと思っているようだが、実際はそれほど甘くはなかった。

養育費を用意したのは王室なのだ。その金を使い込んだということは、王室の金を奪ったも同然だと受け取られる。その上、二人は潔く認めることもせずに言い逃れようとした。つまり王室を騙そうとしているのだ。そもそも養育費を申請したときも、アイルの遠い親戚だと嘘の届けをした。彼らの嘘の数々は役所を騙しただけでなく、王室への侮辱とみなされる。

全額返還したところで、最早彼らの行いは王室に対する反逆罪として処罰を受けることになるのだ。

反逆罪はこの国では重い処罰が与えられる。財産はすべて没収の上、数年間投獄され強制労働を強いられる。

それを聞かされた夫妻は、悲鳴のような叫び声を上げたという。

無実を叫び、証言した者たちを口汚く罵り、取調官に詰め寄った。が、すぐに警備員に取り押さえられて、別々の部屋に移された。

リシャールは報告書を置くと、軽い溜め息をついた。

既に彼らは辺境地にほど近い施設に送られて、不潔で自由のない場所で、固いパンと冷めたスープしか与えられず、毎日重い労働についているはずだ。文句を云えば、気の荒い看守に殴られることもあるだろう。足には重い鉛のついた鎖をつけられて、狭くて臭い部屋から出ることは叶わない。

せいぜい絶望を味わうといい。

このことをアイルに知らせるつもりはない。

リシャールは報告書を引き出しの奥に入れて鍵をかけた。恐らく二度と読み返すことはないだろう。あの二人はもうアイルの人生に関わることはないのだ。


「アイル様、リシャール様がお戻りになられました」

アイルは読みかけの本を閉じると、急いで部屋を出た。

今日から試験休みでアイルはいち早く屋敷に戻っていたのだが、リシャールは仕事が片付かずすぐに帰宅できなかったのだ。

「リシャール、お帰りなさい！」

階段を駆け下りながら、アイルは悦びを全身で表した。

「遅くなってすまない」

胸に飛び込んできたアイルをがっちりと抱き留める。

「お帰りなさい」

「ただいま」

リシャールは優しく微笑むと、アイルの頬にキスをした。

リシャールの出張とアイルの試験期間が続いて、二人は三週間ほどの間一緒に過ごすことができなかった。

「うーん、もっと嗅がせてくれ」

アイルをベッドに寝かせると、彼の耳の下に顔を埋める。

「くすぐったい…」

少し恥ずかしそうにアイルは身体を捩った。

リシャールがアイルの耳たぶを舐めると、アイルの匂いが少し濃くなる。

「…可愛い……」

囁くと、ほんのり上気したアイルに口づけた。番である彼だけが、アイルのフェロモンを独占している。

久しぶりのキスに、アイルはうっとりとリシャールに身を委ねた。

リシャールのキスが熱を帯びてきて、差し入れた舌で執拗にアイルの舌に絡みつく。

「あ……」

甘い嬌声と共に、甘ったるいフェロモンがリシャールを誘う。

リシャールはアイルのシャツをはだけさせて、キスをしながら乳首を愛撫し始めた。

「ここ、弄られるの好き？」

キスの合い間に囁く。アイルは思わず目を伏せる。そんなこと答えられない。

リシャールはくすっと笑うと、片方の乳首を舌でべろりと舐めた。突起を舌で転がしながら、もう一方の乳首を指で優しく摘まむ。

「ん……んんっ……」

声が漏れるのを手の甲で塞いで、アイルは身体を震わせる。

乳首を弄られて気持ちよくなるなんて、女の子みたいで恥ずかしかった。なんの膨らみもない自分の胸なのに、リシャールによって開発されてしまったのだ。

リシャールは執拗に愛撫を繰り返して、アイルの奥に火を点ける。

「ほら、硬くなってる」

リシャールの指が、下着に潜り込んで直接アイルのペニスに触れた。

あ…と思ったときには、下着ごとずり下げられて、裸にされてしまった。

思わず足を閉じてそこを隠そうとしたが、リシャールの目が意地悪くそれを咎める。

「…ちゃんと見せて？」

薄桃色に染まる陶器のような滑らかな肌に、リシャールはすっと指を這わせた。そしていやらしい目でアイルを見下ろす。

「三週間も、一人でどうしてたの？」

揶揄を含んだ声で問いかける。

「教えて？」

見下ろす目は意地悪く光って、アイルの答えを待っている。その目を見た途端、アイルの奥深くがぞくっと震えた。

「自分で慰めた？」

途端にアイルは首まで真っ赤になった。もう肯定したも同然だ。

「どうやって？　やって見せて？」

揶揄うように追い詰めるリシャールに、アイルは必死で首を振る。

「…む、無理です…」

しかし、リシャールの目はそれを許さない。

何もされてないのに、さっき以上に身体は熱い。奥から溢れてくる愛液が滴りそうになるのがわかって、アイルはもうどうしたらいいのかわからない。

アイルはリシャールに導かれるままに、そこに自分の指を埋めてしまっていた。

「あ……っ…」

そこは既に濡れていて、細いアイルの指を難なく受け入れた。

「いやらしいね。いつもそうやって弄ってるんだ」

リシャールはアイルの膝を押し開いて、そこを晒した。

「…滴ってる」

アイルの指が中で動くと、愛液が溢れ出るのだ。

「すごく可愛いよ…」

「リ、リシャール……」

アイルは泣きそうな声で彼の名前を呼ぶと、きゅっと唇を噛んだ。

「手伝ってあげよう」

アイルの指が埋まったままのところに、リシャールは自分の長い指を潜り込ませた。

「あっ……!」

思いもかけないことに、思わず背をのけ反らせる。

何度かリシャールの指が中を蹂躙しただけで、アイルは前を弄られることなく早々に達してしまった。

一旦リシャールから解放されたものの、身体の奥の熱はとれていない。

二人にとっては、まだ始まったばかりだ。

「…まだひくついてるね」

リシャールは再びアイルの中に指を埋めると、アイルの反応を見ながら中を擦り始めた。

「あ、……気持ち、い……」

アイルはうわ言のように呟く。

アイルの後ろは、さっき以上に濡れてリシャールを欲しがっている。

「アイル…、誘って？」

耳を舐めながら、促す。

「え……」

「指でいいの？」

アイルはふるふると首を振る。

リシャールは指を引き抜くと、横向きのアイルを背後から抱きかかえて、アイルの後ろに硬く反り返るペニスを押し当てた。

「あ……」

アイルはそれを迎え入れるように、入り口を緩ませる。が、リシャールはまだ与えようとはしない。

そんな…。アイルはごくりと唾を呑み込んだ。

早く、挿れて…。焦らさないで…。

「…欲しい?」

アイルは必死で頷く。

「じゃあ、ちゃんと云って」

「え……」

そんなこと……。

アイルは思わず唇を噛んだ。いつも、こうやって虐められる。恥ずかしがるから揶揄われるのはわかっているのに、アイルはどうしても慣れずにいた。

何度も唇を舐めて、そして蚊の鳴くような声で云った。

「リ、リシャールの…、挿れて…ください」

「私の? 指でいいのか?」

「ち、違います……」

「ちゃんと云って？」

バカ…。リシャールの意地悪。

「リ、リシャールのお○○ち○を……」

それを口にしただけで、恥ずかしくて死にそうになる。それでもその羞恥が彼自身を更に煽っているのも事実だ。

「いい子だ」

リシャールはアイルの片脚を持ち上げると、ずぶりと先端を潜り込ませた。

「あ、ああっ……！」

アイルが叫ぶと同時に、更に奥深くリシャールのペニスが押し入ってきた。

アイルの内壁は、リシャールの逞しいものに吸い付くように絡み付く。中をごりごりと擦り付けられて、その快感にたまらず声を上げてしまう。深いところまで届いて、アイルの弱いところを何度も突き上げる。

「あ、もっ…と。…い、い……」

アイルは夢中になって、リシャールの太いものを締め付けた。

「くっ……」

リシャールは片目を閉じて、快感をやり過ごした。

「アイル、すごく……いいよ……」

リシャールの腰使いが更に激しくなって、その攻めにアイルはもう何も考えられなかった。

二人は同時に絶頂を迎えると、リシャールはアイルの耳元に囁く。

「アイル、愛してるよ」

「あ、……僕も……」

遠のいていく意識の中で、アイルはたまらない幸せを感じていた。

あとがき

いろいろさぼっていて、久しぶりの新作となってしまいました。

今回もまたオメガバースです。しかも貴族もの〜。

簡単にいえば、可哀想なオメガが幸せになっていくお話です。


そしてまたまた小山田《おやまだ》あみ先生にイラストを担当していただけました。

ラフの受けがとても可愛くて（攻め様がいつも素敵なのは云うに及ばず）、どんなカバー絵が見られるのかわくわくしています。ありがとうございます。

またいつもお世話になっている担当様、今回もよきアドバイスをありがとうございます。


何より、読者さまには最大級の感謝を。皆さまのおかげで書き続けていくことができています。数多ある本の中から拙作を選んでくださってありがとうございます。心から。

二〇二三年八月　義月粧子《よしづきしょうこ》

Cocktail Kiss Label

カクテルキス文庫をお買い上げいただきありがとうございます。
先生方へのファンレター、ご感想は
カクテルキス文庫編集部へお送りください。

〒102-0073　東京都千代田区九段北3-2-5 5F
株式会社Jパブリッシング　カクテルキス文庫編集部
「義月粧子先生」係　／　「小山田あみ先生」係

カクテルキス文庫HP https://www.j-publishing.co.jp/cocktailkiss/

孤独なオメガが愛を知るまで

2023年10月30日　初版発行

著　者　義月粧子
©Syouko Yoshiduki

発行人　藤居幸嗣

発行所　株式会社Jパブリッシング
〒102-0073　東京都千代田区九段北3-2-5 5F
TEL　03-3288-7907
FAX　03-3288-7880

印刷所　中央精版印刷株式会社

ISBN978-4-86669-613-3　Printed in JAPAN